共和国故事

民生大计

——新中国经济战线的第一大战役

郑明武 编写

吉林出版集团股份有限公司

图书在版编目（CIP）数据

民生大计：新中国经济战线的第一大战役/郑明武编. ——长春：吉林出版集团股份有限公司，2009.12

（共和国故事）

ISBN 978-7-5463-1726-7

Ⅰ．①民… Ⅱ．①郑… Ⅲ．①纪实文学－中国－当代 Ⅳ．①I25

中国版本图书馆 CIP 数据核字（2009）第 237302 号

民生大计——新中国经济战线的第一大战役
MINSHENG DAJI XIN ZHONGGUO JINGJI ZHANXIAN DE DI YI DA ZHANYI

编写	郑明武		
责任编辑	祖航　宋巧玲		
出版发行	吉林出版集团股份有限公司		
印刷	三河市嵩川印刷有限公司		
版次	2010 年 1 月第 1 版		2022 年 1 月第 11 次印刷
开本	710mm×1000mm　1/16		印张　8　字数　69 千
书号	ISBN 978-7-5463-1726-7		定价　29.80 元
社址	吉林省长春市福祉大路 5788 号		
电话	0431－81629968		
电子邮箱	tuzi8818@126.com		

版权所有　翻印必究

如有印装质量问题，请寄本社退换

前　言

自1949年10月1日中华人民共和国成立至今,新中国已走过了60年的风雨历程。历史是一面镜子,我们可以从多视角、多侧面对其进行解读。然而有一点是可以肯定的,那就是,半个多世纪以来,在中国共产党的领导下,中国的政治、经济、军事、外交、文化、教育、科技、社会、民生等领域,都发生了深刻的变化,中国人民站起来了,中华民族已屹立于世界民族之林。

60年是短暂的,但这60年带给中国的却是极不平凡的。60年的神州大地经历了沧桑巨变。从开国大典到60年国庆盛典,从经济战线上的三大战役到经济总量居世界第三位,从对农业、手工业、资本主义工商业的三大改造到社会主义市场经济体制的基本确立,从宜将剩勇追穷寇到建立了强大的国防军,从废除一切不平等条约到独立自主的和平外交政策,从"双百"方针到体制改革后的文化事业欣欣向荣,从扫除文盲到实施科教兴国战略建设新型国家,从翻身解放到实现小康社会,凡此种种,中国人民在每个领域无不留下发展的足迹,写就不朽的诗篇。

60年的时间在历史的长河中可谓沧海一粟。其间究竟发生了些什么,怎样发生的,过程怎样,结果如何,却非人人都清楚知道的。对此,亲身经历者或可鲜活如昨,但对后来者来说却可能只是一个概念，对某段历史的记忆影像或不存在，或是模糊的。基于此，为了让年轻人，特别是青少年永远铭记共和国这段不朽的历史，我们推出了这套《共和国故事》。

《共和国故事》虽为故事，但却与戏说无关，我们不过是想借助通俗、富于感染力的文字记录这段历史。在丛书的谋篇布局上，我们尽量选取各个时代具有代表性或深具普遍意义的若干事件加以叙述，使其能反映共和国发展的全景和脉络。为了使题目的设置不至于因大而空，我们着眼于每一重大历史事件的缘起、过程、结局、时间、地点、人物等，抓住点滴和些许小事，力求通透。

历史是复杂的，事态的发展因素也是多方面的。由于叙述者的视角、文化构成不同，对事件的认知或有不足，但这不会影响我们对整个历史事件的判断和思考，至于它能否清晰地表达出我们编辑这套书的本意，那只能交给读者去评判了。

这套丛书可谓是一部书写红色记忆的读物，它对于了解共和国的历史、中国共产党的英明领导和中国人民的伟大实践都是不可或缺的。同时，这套丛书又是一套普及性读物，既针对重点阅读人群，也适宜在全民中推广。相信它必将在我国开展的全民阅读活动中发挥大的作用，成为装备中小学图书馆、农家书屋、社区书屋、机关及企事业单位职工图书室、连队图书室等的重点选择对象。

编　者

2010年1月

目录

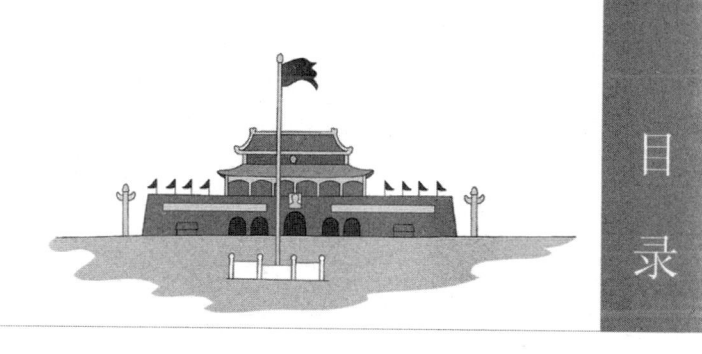

一、组建中财委

宣布陈云为中财委主任/002

陈云主持筹备成立中财委/009

中财委举行成立大会/016

二、稳定物价

陈云指示制止物价猛涨/022

打击银元投机分子/025

陈云要求解决运输问题/035

东北大调粮吓退粮贩子/040

积极准备打赢"纱布战"/045

陈云下达决战命令/049

乘胜打击投机势力/053

再次调粮支援大城市/055

彻底打垮投机分子/058

三、平衡财政

有困难、有办法、有希望/062

陈云提出发行公债/067

陈云提出增加税收收入/077

目录

陈云提倡国内贸易自由/081

毛泽东指示与工商业合作/084

陈云提出调整工商业政策/089

四、统一财经

陈云提出统一财经政策/094

陈云提出改变财经观念/099

陈云提出统一货币政策/106

中财委给地方分权/108

毛泽东、周恩来支持财政部/111

毛泽东说不下于淮海战役/116

一、组建中财委

● 周恩来说:"各解放区财经工作不能再搞'联合政府',要搞统一政府,取消办事处,成立中央财政经济部,并建立中国人民银行,统一发行货币。"

● 陈云说:"安下地盘试一试,只能根据实际情况办事。"

● 陈云说:"我叫陈云,身体不好,两个月感冒一次。过去好比是在上海永安公司门前摆小摊做小生意的,现在让我当大公司经理,做大买卖,不知道能不能胜任。"

宣布陈云为中财委主任

1949年10月19日,在中南海勤政殿里,中央人民政府第三次会议在毛泽东主持下召开。

这次会议主要讨论通过政务院及其所属各委员会、各部、院、署、行的负责人,同时任命人民革命军事委员会、最高人民法院、最高人民检察署和中央人民政府办公厅等机构的负责人。

中央人民政府的各组织机构至此全部建立起来。

毛泽东宣布:任命陈云为政务院副总理、政务院财政经济委员会主任、重工业部部长,薄一波、马寅初为政务院财政经济委员会副主任。薄一波还兼任财政部部长。

原来,在新中国成立之前,解放战争尚在进行,由于各解放区处于彼此分割的战争形势下,财政经济工作还基本上是各自为政。

随着华北各解放区连成一片,中央决定在阜平县成立华北各解放区财政办事处,这是一个带"联合"性质的财经机构。

毛泽东、周恩来、任弼时到西柏坡后,周恩来提出:

各解放区财经工作不能再搞"联合政府",

要搞统一政府，取消办事处，成立中央财政经济部，并建立中国人民银行，统一发行货币。

中央财政经济部在当时简称中财部，由董必武任部长，薛暮桥任秘书长，南汉宸负责筹建中国人民银行，准备发行全国统一的货币，即人民币。

由于当时董必武年迈，加上不久后担任了新成立的华北人民政府主席，中财部实际上由周恩来直接领导。

在此期间，中央财政经济部在统一财经方面做了一些工作，例如发行统一的货币，调剂地区间的财力、物力等等。但由于尚处于解放战争时期，经济工作总的进展不大。

1949年是中国人民解放战争走向全国胜利的一年，同时又是解放区财政经济困难的一年。

由于帝国主义长期侵略和掠夺，国民党政府的腐败统治，加上长期战争的破坏，到了1949年，财政枯竭，投机倒把猖獗，城乡交通阻隔，原材料匮乏，产品滞销，工人失业，正常经济活动受到严重破坏，并出现了通货膨胀、物价飞涨的局面。

面对困难局面，即将成立的人民政府急需成立一个统一的财经领导机关来统筹领导全国财经工作。

北平和平解放后，党中央决定把中财部和华北财政经济委员会合并，在此基础上组建中央财政经济委员会，在当时简称中财委，统一管理财经工作。

1949年3月,周恩来主持起草《中央关于财政经济工作及后方勤务工作若干问题的规定》指出:

> 中央应即成立财政经济委员会,首先与华北财政经济委员会合并,并加入东北、华东、西北、华中各区财政经济工作负责人为委员,依靠华北政府各部及其直辖的各省市,进行业务。

中央要成立的这个中央财经委员会,实际上就是全国财经工作的"司令部"。

中央组建中央财经委员会,其目的是想使我党原来因"山头林立"而分散的财经工作,能有一个统一的领导机构,能够在全国统筹的基础上,促进新中国经济建设工作的全面展开。

由陈云任财政经济委员会主任,是中央早就计划好的。

这是由于历史原因,当时在党内,熟悉经济工作的领导干部非常缺乏,陈云是为数不多的懂得经济工作的重要领导人。

对于陈云,薄一波曾说:

> 陈云同志是新中国财经工作的卓越领导人。1942年,他主持陕甘宁晋绥五省联防财经办事

处，工作很出色。解放战争时期，他主持东北财经委员会的工作，顺利实现了东北全区财经工作的统一管理，较早地把经济稳定下来。党中央和毛主席任命他为中财委主任，是再合适不过了。

因此，在打算组建中央财经委员会时，周恩来提出调陈云到中央负责全国的财经工作的建议，立即获得了毛泽东的批准。

1949年2月6日，毛泽东致电东北方面：

> 请陈云来中央一叙。

几天后，陈云赶到当时中共中央所在地的河北省平山县西柏坡村，经过与中央书记处成员商谈后，他决定立即到中央主持全国财经工作。

随后，陈云回东北安排工作交接。

由于当时全国的经济形势已非常紧迫，陈云受命之后，甚至连即将在西柏坡召开的七届二中全会都未及参加，就匆忙折返东北，准备交接东北的工作，然后走马上任。

然而，东北的工作也是千头万绪，一时不可能交接完毕。东北解放较早，土地资源丰富，工业基础好，又靠近苏联，这对东北的经济发展都是极有利的条件。而且，当时，中央也已确定了"抓住华北，依靠东北，支援前方"的方针，陈云也想在离开东北以前，尽量多了解一些东北的情况，为东北经济的发展制订一个好的计划打下一个好的基础。

因此，利用这段时间，陈云几乎走遍了东北的各大城市和工厂，进行了大量的调查研究。与此同时，他领导东北财委开始制订1950年东北经济发展的计划。

这边，东北的工作，陈云一时无法脱手。但另一边，中央的经济工作却不能"一日无主"了。

4月10日，正在东北主持经济工作的陈云接到中央的电报：

速来中央工作。

陈云读过电报有些犯难：东北经济刚刚稳定，还有很多工作要做。自己又在制订东北地区当年的经济计划，5月初还要向东北局作报告，他脱不开身啊！

陈云当时决定推迟南下，待完成报告后再起身。为此，他向中央做了说明。

4月30日，周恩来又发电报催促：

陈云及早动身入关。

中央两次发电报，陈云不得不改变计划。5月3日，陈云致电中央：

  由于正向东北局报告今年东北经济计划，东北局今日起讨论，故5月10日前可到北平。

没几天，中央第三次来电，催促陈云立刻进北平。这样，陈云不得不迅速结束在东北的工作，起身入关。

5月7日，陈云电告中央：

  9日一定离沈阳赴北平。

陈云的一贯作风是谨慎、稳健，他进关前，有人问他："进关以后怎么办？"

他说："安下地盘试一试，只能根据实际情况办事。"

5月14日，陈云抵达北平。

第二天，陈云便赶赴香山中央驻地，会见朱德、刘少奇等人，与他们讨论建立中央财政经济委员会的事宜。

陈云在香山与刘少奇等中央领导讨论了10多天。

5月31日，刘少奇根据香山会议讨论研究的结果，起草了《中国人民革命军事委员会关于建立中央财政经济机构大纲（草案）》，这个草案经毛泽东、周恩来修改、审定后，便向全党发出。

"大纲"指出：

由于人民革命战争正在取得全国范围的胜利，为了尽可能迅速地和有计划地恢复与发展人民经济，以供给目前战争需要及改善人民生活，立即建立中央财政经济委员会，并陆续建立若干中央财政经济部门，作为目前中央的财政经济机构。

"大纲"还就中央财经委员会的机构设置、人员配备、工作职责及与地方财经机构的关系等方面作了规定。

自此，中财委作为党在经济战线的统一领导机构，其地位被正式确定下来了。

陈云主持筹备成立中财委

1949年10月,新中国刚刚建立,由陈云负责筹备组建的中央财政经济委员会就已初具规模,随着新中国各项工作的开展,也进入了正常的工作,承担起了事关国计民生的大事。

1949年6月4日下午,周恩来在北京饭店主持召开中共中央党政机关负责人和各民主党派人士会议,就成立中央财政经济委员会的事宜同各界商议。

在会上,周恩来正式宣布出中国人民革命军事委员会派陈云、薄一波负责筹备组织中央财政经济委员会,中央财政经济委员会暂时属中央军委领导。

然后,陈云就成立中央财政经济委员会的必要性进行了说明。他说:

> 以往东北、华北、西北及其他解放区都有地域性的财经机构,但现在有成立中央的财经机构的必要。
>
> 为什么呢?因为解放战争的胜利日益扩大,财经问题也逐渐增加,并且往往是带有全国性的,这就需要有一个机构来处理这些问题。

陈云还就中央财政经济委员会的任务、组织机构等问题进行了说明。陈云认为恢复和发展全国财经工作，中央财政经济委员会必须建立强有力的对口办事机构，接纳各方专业的优秀人才。

中央财政经济委员会筹建之初，中央建议在中南海设立办公室。大家认为，中南海的环境确属上乘，但容纳不了这样大的机构，也不易与财经各界人士交往。

于是，筹建中的中央财政经济委员会在东交民巷找到了一座房子。这地方曾是物资接管委员会接管的原国民党政府中央信托局的房产。

这里早先曾是日本正金银行北平分行，日本帝国主义投降后，由国民党政府中央信托局接收。这是一座两层楼的西洋式建筑，两面临街，南临东交民巷，西临御河桥，在临街的西南角上，有一个漂亮的塔楼。一楼朝东交民巷的位置是一个营业大厅，营业大厅后面西北部有几间高级职员的办公室，里面有西式壁炉。

在刚开始时，华北财经委员会有二三十人，华北工商部有四五十人，办公的房子还勉强够用。

随着中央财政经济委员会筹建工作的开展，人员日渐增多，办公用房也日益紧张，连洗手间也当成办公室使用了。

在这座楼里办公了一个多月，由于人手增多，实在挤不下，中财委就决定另找房子。

在当时，周恩来要把中南海西花厅给中央财政经济委员会，陈云无论如何也不同意，他说："西花厅只能做政务院的驻地。"

后来，在朝阳门内大街找到了一座房子，人称"九爷府"。那是清朝道光皇帝第九子的住宅。因他后来被封为孚王，所以又称"孚王府"。

有人对陈云说："那里比这里大多了，有好几进大殿，但很旧。"

陈云说："旧不要紧，只要够住就行。我们不是为了找好房子。"

于是，就这样定了，中央财政经济委员会便搬到了"九爷府"办公。

7月12日，陈云宣布，中央财政经济委员会由中央财政经济部与华北财经委员会合并组成。

在成立大会上，陈云风趣地自我介绍说：

> 我叫陈云，身体不好，两个月感冒一次。过去好比是在上海永安公司门前摆小摊做小生意的，现在让我当大公司经理，做大买卖，不知道能不能胜任。今后要靠大家共同努力把工作做好。

中央财政经济委员会成立后，碰到的第一个问题是干部问题。如果这个问题解决得不好，就无法做好以后的工作。

而当时的实际情况是,由于长期在农村搞武装斗争,党内缺乏懂得经济工作的领导干部,旧中国留下来的经济建设型人才也很少。

针对这一现状,陈云的做法是不拘一格,广招人才,用其所长。

他选用干部的原则是:在德才兼备的前提下,搞"五湖四海"和"就地取材"。

中央财政经济委员会是在原中央财政经济部和华北财经委员会的基础上组建的,因此,开始的时候,华北的干部较多,后来陆续增加了各大区的干部。

陈云刚到北平时,就让秘书周太和给各地懂经济的老同事、老朋友打电话,邀请他们进京工作。

应邀到京的华北机械公司经理沈鸿说:

北平解放以后,我在1949年2月随华北工业部来北平任华北机械公司经理。大约在当年5月间,周太和同志打电话来,要我去中南海见陈云同志,我按时而去。一见面他就说:4年不见了,我们山沟里的老办法已经不够用了,现在要管全国的大事了。你就来中财委工作吧。我欣然受命。10多年前读过的《苏联五年建设计划》那本书,又在我脑子里回旋起来。就这样,我就任中财委重工业处处长。

从 1949 年 7 月到 10 月，陈云曾 3 次电请中央，调配干部到中央财政经济委员会工作。

陈云知道，周恩来与党外朋友交往多，熟悉党外朋友的情况，为了尽可能地避免闲置党外的财经人才，他便致信周恩来：

> 请你告诉我可以吸收哪些人来办些事，各人的政治态度如何。

马寅初就是经周恩来的推荐，在陈云一再敦促之下，担任中央财政经济委员会副主任的。

在陈云的极力邀请下，著名化学家、永利化学公司总经理侯德榜，担任了中央财政经济委员会的高级技术顾问。

此外，陈云还大胆吸收了原国民党政府资源委员会的 10 多名高级专家学者，如：孙越崎、孙晓村等。陈云还从上海、南京等地吸收了 10 多名旧职员、大学教授和青年学生到中央财政经济委员会工作。

对于选用这些人才，陈云对身边的工作人员说："只要这个人有一技之长就要用，只有这样才能成大事业。我们不能说只有某某人才是了不起的人才吧？不见得吧？社会上的人才不知有多少，许多人都不是这个'员'那个'员'。所以我们要有大的气量，善用各种人才。单枪匹马，革命到底是干不成功的。"

章乃器、千家驹、沈志远等人是陈云进北平后很快注意到的懂经济的党外民主人士。陈云经常同他们交谈，虚心听取他们的意见。

章乃器、千家驹、沈志远提出：向香港商人购买棉花应尽快着手。陈云就请章乃器代他起草给香港钱之光的电报稿，以便落实在香港购棉。

章乃器、千家驹、沈志远提出：上海解放后，外币应禁用禁持。陈云就请千家驹写个禁用禁持外币的意见。

陈云在抓紧中央财政经济委员会队伍及其他自身建设的同时，为了扩大中央财政经济委员会的工作职能，他还组建了一些归中央财政经济委员会直接领导的外围组织，包括建立全国性的花纱布公司，将中纺公司划归纺织工业部统一领导；建立全国性的土产公司，负责推销各地土特产品；将华北贸易总公司改组为11个专业公司等。

随着新中国的建立，中央财政经济委员会由原来的60多人扩大到300多人，各种机构也陆续建立起来了。除原先的行政处、秘书处外，还新成立了计划局，并下设财政、金融、贸易、工业、交通、农业、供应7个组，共有干部70多人。

此外，还将原华北财政部、企业部、工商部、交通部、农业部、水利委员会、人民银行总行、军委铁道部、电讯总局等也划归中央财政经济委员会领导。

至此，中财委的组织机构和干部配备问题便基本解决了。

中财委建成后,陈云带领着这个刚刚成立的组织,迅速开展工作,长期主持全国的财政经济工作,披荆斩棘,锐意进取,使新中国的经济建设逐步走上了正轨。

中财委举行成立大会

1949年10月21日上午，朝阳门内大街的"九爷府"张灯结彩，到处充满着喜庆的气氛。

经过几个月的辛苦准备，作为全国财经战线领导机关的中央人民政府政务院财政经济委员会已经筹备完毕，并决定在这一天举行成立大会。

出席这次大会的有陈云、薄一波、马寅初、薛暮桥、宋劭文、何长工、李书城、陈叔通、章伯钧、刘子久、包达三、钱昌照、孔原、梁希、李士豪、黄炎培、章乃器、千家驹、孟用潜、陈郁、杨立三、戎子和、南汉宸、钱之光、滕代远、曹菊如、傅作义、李立三、朱学范等，列席者有杨显东、武竞天、石志仁、杨卫玉、王绍鏊、吴觉农、丁贵堂、邢肇棠、张琴秋、张文昂、季方、姚依林、胡景沄、李葆华、李相符、张冲、王诤、周荣鑫等。

在会上，陈云报告了当时的财经概况与今后的工作计划，他提出所属各部机构应迅速成立并制定各部组织条例。

在当天下午，陈云出席政务院第一次扩大政务会议，报告了当天上午财政经济委员会成立的情况。

中央人民政府政务院财政经济委员会成立后，简称中财委。政务院下设政治法律、财政经济、文化教育、人民监察4个委员会，每个委员会相当于政务院的一个分院。

当时，政务院所属部级机构共38个，仅财政经济委员会就下属16个部级机构，是4个委员会中下属机构最多也是最忙的一个委员会。

10月29日，陈云与薄一波向中共中央报告了中财委3个多月的工作情况及今后3个月的工作计划。

陈云在报告中说：

> 中财委成立以来主要开展了在财政上物资上支援前线；调拨收购物资，供应大城市，如上海、天津、汉口，力争物价涨度不过猛过快；物色干部，找租房屋，筹备财委本身及各部机构的建立等工作。

陈云在报告中同时提出了到1950年2月前的工作计划，他说：

> 一是使用力量于生财之道，布置1950年度的农业生产和出口产品的收购。二是把钢铁、电器制造、机械制造、煤矿、石油炼制、棉纺6种工业，在原料、制造、推销方面尽可能地加以衔接，减少盲目性，增加计划性。三是铁道

部要贯彻抢修前方、补修后方的方针。交通部要组织好现有轮船运输，邮务和电信组成两个全国总局。在年底或明年初召开东北、西北、华北、华东、华中、两广财委主任会议，概算1950年度公粮、税收及各项开支。

陈云、薄一波接着提出：

为了上述工作，我们拟于11月至1月间召开若干种专业小型会议，即五大解放区各派两三个专业人员，经过这些专业会议，以便把材料综合起来。在2月底，由财委计划局作出明年度的实物及现金收支概算，并计算出赤字多少，拟出弥补赤字的办法。拟定明年度发行钞票的大概数目。估计明年的物价水平，以便依此简要计划进行明年工作。

陈云、薄一波还认为：当时许多地区解放不久，财政经济方面的情况难以全面掌握，而全国性专业会议正好是个补救办法，能够把各个方面的情况综合起来。

关于专业会议的组织，陈云、薄一波拟定：以财委系统之各部为主，财委和计划局则给以协助；党外人士当部长的部召开专业会议时，财委要给予更多的帮助，以保证会议开好且提高他们的积极性。

中财委成立后，面临的任务是艰巨而繁重的。成立大会刚刚结束，陈云便带着这个团队，投入到了紧张的工作之中。

其实，在成立之前，中财委就进行了半年的稳定物价、统一财经工作，但是，调整工商业、争取财政经济状况根本好转的繁重任务，仍然摆在中财委面前。

因此，在1950年初，物价逐步稳定之后，中财委统一全国财政经济的工作即开始全面铺开。

1950年4月11日，毛泽东主持召开中央人民政府委员会第六次会议，任命李富春为政务院政务委员、财政经济委员会副主任，并接替陈云兼任重工业部部长。

在当时，李富春正担任中共中央东北局副书记、东北人民政府副主席、东北军区副政委。

在延安陈云担任中组部部长时，李富春曾任副部长。在东北陈云担任东北财政经济委员会主任时，李富春曾任副主任。

这次，李富春进入中财委，给陈云在工业和计划工作方面又增加了一个重要的帮手。

1952年8月，政务院财政经济委员会属下又新成立了第一机械工业部、第二机械工业部、建筑工程部、地质部、粮食部，撤销贸易部，又成立了对外贸易部、商业部。

12月，海关总署被划归到对外贸易部，由其领导，中财委的部级机构又增加了。

1954年，第一次全国人民代表大会召开后，各部由中央人民政府直接领导，政务院财经委员会即告结束。

从1949年中央财经委员会的成立到1954年结束，前后5年时间，中财委在统一管理全国财政经济工作中，既是运筹于帷幄之中的决策机构，又是决胜于战场之上的指挥机构，出色地完成了党中央交给的任务。

这一期间，中财委迅速制止了国民党统治时期遗留下来的恶性通货膨胀，统一了全国的财政经济；积极有效地支援了解放军向全国进军和志愿军的抗美援朝；出色地发挥了中央所期望的"中央财经统帅部"的作用。

二、稳定物价

- 毛泽东说道:"打天下也并不容易,治天下也不是难得没有办法。"

- 毛泽东高兴地表扬道:"只要我们做到手中有粮,老百姓就自然而然地心中不慌。这着棋从军事上讲叫示强于敌。"

- 周恩来阅毕,在电报上批示:如主席未睡,请即送阅。如睡,望先发,发出送阅。

陈云指示制止物价猛涨

1949年11月1日和5日，陈云两次主持召开政务院财政经济委员会会议，研究稳定市场物价问题。

在会后，陈云为财政经济委员会起草了"制止物价猛涨的指示"。

陈云在"指示"中，分析了当时几个月的全国物价情况，为稳住物价，特作出了决定。

主要内容如下：

一、以沪津两地7月底物价平均指数为标准，力求只涨2倍或2.2倍。

二、东北自11月15日至30日，需每日运粮1000万至1200万斤入关，以应付京津需要。东北及京津贸易公司需全力保证装卸车，铁道部则应保证空车回拨。

三、为保证汉口及湘粤纱布供应，派钱之光先到上海，后去汉口，适当调整两地纱布存量，以便行动。同时催促华中棉花东运。

四、由西北财委派员将陇海路沿线积存之纱布，尽速运到西安。

五、财政部须自11月16日至30日于德石路北及平原省，拨交贸易部2.1亿斤公粮，以应付棉产区粮食销售。

六、人民银行总行及各主要分行自电到日起，除中财委及各大区财委认为特殊需要而批准者外，其他贷款，一律暂停。在此期内，应按约收回贷款。何时解禁，听候命令。

七、各大城市应将几种能起收缩银根作用之税收，于11月25日左右开征。

…………

十二、对于投机商人，应在此次行动中给以适当教训。

目前抢购风盛时，应乘机将冷货呆货抛给投机商，但不要给其主要物资。

等到收缩银根、物价平稳，商人吐出主要物资时，应乘机买进。

这一指示的作出，其实有着深刻的社会背景。

从1937年开始，到1949年，这12年中，恶性通货膨胀造成物价年年飞涨。

其中有一张漫画，形象地勾勒出这12年物价的飞涨状况：在1937年可以买一头大黄牛的钱，到了1949年不够买一根油条！

从1949年7月底至10月15日，不过两个多月，上海的物价竟然涨了一倍半！北京和天津则涨了1.8倍！

华中、西北物价的涨幅也与此相近。

为此，国内外的反动势力公然叫嚣："共产党马上得天下，不能马上治天下。"

就连一些共产党人的朋友，也不无担心地说："共产党打天下容易，治天下难。"

对此，毛泽东说道："打天下也并不容易，治天下也不是难得没有办法。"

中国共产党接收了旧中国这个"烂摊子"之后，物价依然狂涨。能否制伏物价这匹烈马，成了中国共产党能否在中国站稳脚跟的关键。

作为中财委主任的陈云，在经济工作中向来主张分清轻重缓急，也就是抓住重点。他曾说："抓不住工作重点，那就如同在大海航行中把握不住方向。"

这一回，陈云把"稳定物价"作为工作重点，重拳出击，经过周密部署，给哄抬物价的投机资本家以沉重打击，取得了稳定物价的伟大胜利。

打击银元投机分子

1950 年 5 月 12 日，陈云在全国政治协商会议常务委员会第四次会议上，作了关于财政状况和粮食状况的报告之后，主持会议的毛泽东请大家对陈云的报告发表意见、提问题。

张治中委员激动地说："我们听了陈主任的报告都很兴奋、高兴，都满面欢色。"

张治中的话反映了全国人民无不为稳定物价、统一财经所取得的胜利而欢欣鼓舞。

其实，稳定经济的第一个战役，是从"银元之战"开始的。

原来，在解放之初，新中国成立之前，我党接管的城市，大都面临的是物价飞涨、投机猖獗、市场混乱的局面。这种现象尤以上海、天津表现最为突出。

此时，有些人对我党管理经济的能力表示怀疑，敌对势力更是声称：共产党在军事上得 100 分，在政治上是 80 分，在经济上恐怕要得零分。

为了统一财经工作，首要的是稳定全国的物价，统一货币。但是不法投机商人，为了跟人民政府争夺对市场的领导权，获取超额利润，他们拒用人民币，并从事金融买卖，搅乱市场秩序。上海的投机商人公然宣称：

解放军进得了上海,人民币进不了上海。

为了平抑物价涨风,人民政府在成立之初,即明令禁止金、银、外币在市场流通,由人民银行挂牌收兑。但不法投机者对此置若罔闻,仍继续从事金、银和外币的投机买卖,拒用人民币,被称为远东金融中心的上海最为严重。

当时上海的一些主要马路,特别是西藏路、南京路和外滩一带,到处都可看到许多人在人行道上或十字路口兜售银元。

在投机商人的操纵下,银元的价格在短短的10天时间内,上涨了近2倍。银价暴涨带动了整个物价的上涨。在上海解放后的13天内,批发物价指数猛涨2倍多,大米和棉纱也上涨了1至2倍。

在物价狂涨的情况下,南京路的四大百货公司开始用银元标价,其他商店闻风而动,相继仿效,拒用人民币。人民银行发行的人民币,早上发出去,晚上又差不多全部回到了人民银行。人民币的信用受到了严重的威胁。

当时,人民政府采取的第一个办法是由人民政府抛出银元,坚决把银元价格压下来,然后由银行收兑银元,并举办折实存款。

1949年6月5日,上海市人民政府向上海市场集中抛出银元10万枚。

同时,在各种群众大会上,上海市市长陈毅一次又一次地劝说和警告大搞投机活动的"阔佬"："我诚恳劝告你们赶快洗手不干，人民政府反对不教而诛，但假如教而不信，一意孤行，那就勿谓言之不预了！"

对这些话，投机者只当耳旁风，说："国民党统管上海多年不敢碰的地方，几个共产党'土包子'还敢太岁头上动土？"他们依旧我行我素。

5日抛出的银元却像泥牛入海，没有一丝声息地就被吞没了。银元价格继续在上涨。热闹的上海街头，到处是敲着银元叫卖的兜售银元者。

这一办法不能奏效，银元价格仍然居高不下，一点也不向下回落。不但没有稳住市场，投机之风反而愈演愈烈。

6月7日，银元价格继续涨到1800元。

面对投机商的挑衅行为，人民政府一再向金银投机商发出劝告和警告，劝告他们赶快洗手不干。

6月7日晚上，华东局开会。即将率领第二野战军西征入川的刘伯承、邓小平也都出席了。

在会上，陈毅提出采取最后解决手段：查封大投机商操纵银元市场的活动中心——证券交易所。

大家都赞成陈毅的意见："干！不要让人以为共产党什么都要宽大，到时候了，就要操刀一割！"

最后，一向办事果断利落的邓小平下决心拍了板："我同意！还是干掉他。有人要喊冤枉，不管他！谁叫他违法投机？这就是自食其果嘛！共产党还能被这几个投机商人吓住？我们有煤、有米、有群众，不怕他！"

原来，上海证券交易所是当时银元投机分子的总指挥部。该所设在汉口路422号，是一幢8层高的大楼，建成于1934年，号称是当时远东最大的证券交易所。

1937年前在该所登记的证券字号有192家，是金融、地产、纺织、百货、化工、文化等各实业界的一些"巨头"，也是官僚资本在沪操纵资金市场巧取豪夺的一个重要基地。后来曾一度关闭。

1946年，上海证券交易所经国民党政府批准复业，登记参加交易的证券字号已达234家，控制着全市的有价证券交易，并通过买空卖空的投机活动，操纵物价。它与全国乃至远东各大城市都有紧密联系，国民党政府的一些要员，或明或暗地充当着幕后保护人。

这里的投机分子利用电话，同分布在全市各个角落的分支据点保持着密切联系，操纵银元价格。

上海解放后，投机商人继续从事金银、外币贩卖的生意。由于证券大楼拥有几百部市内电话和大量对讲电话等通讯工具，每天还有数千前来探听行情的人出入其间并传递信息，因而证券交易所的一些金融投机商操纵金银、外币的黑市价格，触角得以伸向各个角落，证券大楼再次成为全市金融投机活动的中心。

在华东局会议上作出查封证券大楼的决定后，陈毅当即打电话报告中央。

接到华东财委的情况报告后，陈云进行了认真的分析，他指出：

> 上海市场收兑金圆券仅用人民币4亿即兑完，上海流通之主要通货不是金圆券而是银元，此种情况是在平津解放即我军渡江后，金圆券迅速崩溃，南京政府垮台之下造成的。
>
> 我们在金融上所遇到的敌人，已不是软弱的金圆券，而是强硬的银元。过江以前，解放战争一般是先解放乡村，包围大中城市，然后解放之，这样在金融贸易上就先在乡村生了根。城市一解放，我币占领市场，恢复城乡交流是比较容易的，如沈阳、天津。过江以后，情形不同了，先占城市，后占乡村，城乡是银元的市场，对推广我币增加了困难。

针对上海投机之风的猖獗，陈云指出：

> 应用强硬手段查封上海证券交易所，严惩投机分子。

银元在上海、武汉等地占领着市场，人民币不易挤进去。中央认为：这一斗争不是容易的，比对金圆券斗争困难得多，斗争可能将延续很久。

1949年6月8日，中共中央发出《关于打击银元使人民币占领阵地的指示》。

接到这一指示后，华东财委和上海市军事管制委员会立即通过报纸和广播，敦促少数奸商和投机分子停止从事银元等投机生意。

当时，报纸上也发表了社论，奉劝银元贩子及早改邪归正，并宣布这种投机损害了广大人民的利益，必须坚决进行取缔。

同时，上海市总工会筹委会在各行业召开群众大会，号召群众坚决拒用银元。

全市学联组织了两万余名学生上街宣传，文教界也起来声讨银元投机行为。

然而，利欲熏心的投机商们却把这一次次的警告当做耳旁风，依然我行我素。

这一来，万事皆备，只待行动了！

为了保证将投机分子一网打尽，上海市军管会事先做了周密的准备。

9日，军管会先派出公安局少数骨干分子化装进入证券大楼了解情况，熟悉地形，其余人员全部留局待命，并临时切断与外界的一切联系，以防泄密。

与此同时，还依靠原地下党设在证券大楼的密点及秘密工作人员对证券大楼各投机商号、经纪人的违法活动等进行了秘密调查，确定了一批应予扣押审查人员的名单。

10日上午8时许，上海市公安局局长李士英首先率领200余名便衣干警按预定部署分散进入证券大楼，分5个组控制了各活动场所和所有进出通道。

9时，上海证券大楼内的交易行情正扶摇直上。这天的交易厅里，由于多了一些西装革履的陌生人，投机商们多少有了些警觉。

10时左右，正当投机商暗自嘀咕、互相叮嘱小心的时候，淞沪警备司令宋时轮率警卫部队一个营，分乘10辆军用卡车，突然出现在投机大本营的证券大楼门前。这时，交易大厅中的"陌生人"以迅雷不及掩耳之势，从衣袋中掏出手枪，飞奔各个证券室。

原来，这些"陌生人"是军管会派来的便衣。一刻钟以后，整座大楼被置于政府的严密控制之下。

从10时到24时，公安人员分头搜查了各个投机字号，并登记了所有被封堵在大楼内的人员及财物，然后命令全部人员到底层大厅集中。

集中到大厅的共有2100人，除根据事先确定的名单当场扣押了238名人员送市人民法院外，其余1800余人经教育陆续被放出。

在被抓捕的投机分子中，有一个名叫张兴银的投机商人，他在4楼设了一个"寿昌金号"的办公室，这里是操纵投机买卖的总指挥所。

在这个办公室里，有电话机25部，屋内藏有许多暗号和密码，同四面八方进行密切联系。

墙上挂着一张红字表格，上面写着4个项目8个大字：黄金、美钞、袁头、孙头。所谓袁头、孙头是指上面有袁世凯和孙中山头像的银元。每个项目下面，都用白粉笔注明买进卖出的价格，这显然是金融战线上一座奸商的前线指挥所。

突袭证券大楼，一举取得了重大胜利。

继上海打击银元投机活动之后，全国许多大城市纷纷效仿。

在武汉，逮捕银元投机分子200多人，并查封了两家从事金融投机的大钱庄。

在广州，取缔了从事投机生意的8家地下钱庄及其扰乱金融市场的街头兑换店377家。在北京也采取了同样的措施。

各大城市的这一打击行动，收到了明显的效果，基本上制止了金银投机活动，对稳定市场起到了重要作用。

上海在查封证券大楼的第二天，即6月11日，每块银元的价格由2000元人民币猛地跌至1200元，大米价格下跌一成，食油价格下跌一成半，从而使人民币的地位得以巩固。

证券大楼被查封了，但在证券大楼以外的上海滩，到处还能听到贩卖银元的叫卖声和银元的撞击声，银元贩子依然还在分散活动。

但当解放军循声前去时，声音却迅即消失，银元贩子也逃得无影无踪。

捣毁银元投机的指挥所容易，而投机的散兵游勇却难于对付。

银元的贩卖、投机活动一日不绝,上海的物价就一日难以平稳,人民币的信誉也就难以确立和巩固。

于是,上海市的军管人员决定改变策略。

据宋时轮将军后来回忆说:

当时,我住在证券大楼七天七夜没合眼。

后来,军管人员换上便衣,深入民间,在一个小孩和老太太的帮助下,顺藤摸瓜,抓获了一大批银元贩子。

抓住他们后,采取分化瓦解的政策,对10元以下的小贩子,抓后即放,并请他们协助抓大贩子。

这样,用了不到一个星期的时间,大的银元贩子基本上都被抓获,小的银元贩子也不敢再从事这一活动了。

为了从根本上稳定人民币的地位,中央财经委员会致电华东财经委员会,在采取强硬手段查封证券大楼并严惩银元贩子的同时,还要采取以下措施:

命令铁路、公路、上海公用事业,一律收人民币。

征税一律征人民币。

在上海首先发行实物公债，其他一些地方也要发行一些公债。

通令各私人银行检验资金。

开放全国各地区之间的汇兑，用已经较稳固的老区货币支持新区货币。

在这次和猖獗的银元贩子的较量中，陈云运用政治和经济两种手段双管齐下，不到一个月，就把上海不法资本家掀起的银元风波平息了下来，稳住了上海的金融市场。

但投机资本家势力仍然比较强大，这次并没有伤其根本，他们很快又将投机活动从金融领域转向商品流通领域，掀起了新一轮的物价猛涨浪潮。

陈云要求解决运输问题

1950年2月，以上海为中心，影响全国的第四次物价风潮掀起。15个大中城市的25种主要商品价格上涨两倍多。

和上次物价风潮一样，查封证券大楼和严惩银元贩子，虽然使物价暂时获得了稳定，但投机分子内心并不服气，仍伺机与人民政府争夺对市场的控制权。

这场经济战线上的争夺战又一次在上海、天津等大城市展开了。

由于战争的破坏，交通的中断，加之物价飞涨，解放初期的上海，处于严重困难的局面。

国民党反动派也深知上海的重要性，因此，上海解放不久，他们即开始对上海进行海上封锁和空中轰炸，企图使上海"电灯不亮，机器不动"。

在这种情况下，上海工商业面临着日益严重的困难。原料严重缺乏，资金短缺，销路呆滞；工厂商店亏损、倒闭，劳资关系紧张，停工歇业面高达20%，并从中小厂发展到大厂，从单家独户发展到整个行业。

上海工商界对克服这些困难缺乏信心，甚至怀疑共产党能否在上海立足。在他们当中，有的人抱消极观望态度，有的人甚至弃店、弃厂溜走。

国民党反动派则扬言:"中秋节要回上海吃月饼","春节要来上海吃年饭"。

一时间谣言四起,新生的人民政权面临着十分严峻的考验。

敌对势力更是认为,只要控制了人民日常生活的必需品,也就掌握了对市场的领导权,并叫嚣:"只要控制上海'两白一黑',就能置上海于死地。"

于是,投机分子拼命抢购国营公司的粮食、纱布等物资,甚至高息拆借资金抢购、囤积物资,满以为这一次可以从经济上把共产党打垮,让人民政府听从他们的指挥,任由他们摆布。

在长期恶性通货膨胀的影响下,工商界向来就有"工不如商、商不如囤、囤不如投"的说法。那些商号多以买空卖空或囤积商品为主。产业资本也普遍囤积原材料和制成品,有的还抛售空头栈单或抢购业外商品。有些名为"工厂",却既无设备,又无厂房,实际从事投机生意。

因此,当时上海从事棉纱棉布投机生意的商号很多。与1937年相比,1949年全上海棉纱字号从60家发展到560家,棉布字号从210家发展到2231家,糖行则从82家发展到644家。

人民政府与投机资本的再次较量势不可免。

1949年8月8日,陈云到上海主持召开各解放区财经会议,千方百计找出支援战争和稳定上海、武汉经济阵地的办法。

在会上，陈云综合各个小组初步讨论的意见和他调查研究所掌握的情况，作了《克服财政经济的严重困难》的讲话。谈到运输问题时，他说：

> 运来上海的东西（主要是煤、粮、棉）多，从上海运出去的东西（主要是纱布、纸烟等）少。最大宗的，是煤炭的运输。从铁路运输看，困难大大超过东北。
>
> ……………
>
> 华东财委要把运输看成一个重要问题，好好组织，设一个专门机构来管理这一工作。华东局要专门讨论这个问题。
>
> 此外，防空也很重要，一方面要配备防空武器，另一方面要适当疏散，以避免列车过分集中。
>
> 总之，运输是一件大事，这个问题不解决，上海煤、粮、棉的供应都会很困难。

原来，早在上海刚刚解放时，不法资本家便利用当时遭到战争破坏的铁路一时修不好，铁路运输效率低，而上海市对商品和各种物资需求量大的特殊情况，操纵私人运输渠道，控制上海的商品市场，给新生的人民政府出难题。

陈云深刻意识到,只要把铁路运输搞好,运输问题就基本解决了。蚌埠至浦口一段,要争取开16至18对列车。他还强调,必须解决行车速度慢、调度不灵的问题。

他还具体提出,要增加错车点,放长支线,增加通讯设备,加快装车、卸车速度,使列车停留的时间尽量缩短。为了修复铁路,政府要舍得大量投资。

同时,陈云还指示,对主要公路运输线路也要全力修复,要求政府组织的公路运输,不光要搞汽车运输,也要搞马车、骡车、驴车运输,总之,要千方百计保证上海的物资需要。

会后,华东财委把铁路运输作为大事,组织专门机构管理,缩短慢行和错车的距离,加快增加列车通过的数量。

同时,陈毅也积极抓运输问题,他在上海市委动员会上说:"要靠我们自己先紧缩,先把肚皮缩紧。少享受一些,少开支一些,拿出两万五千里长征的精神来克服困难。"

当时,永安纱厂经理郭棣活有纱运不过来,陈毅就专门关照银行、铁路、贸易各部门协助,专门派车皮去香港拉运,终于将棉纱全部运回上海。

在陈云和陈毅的共同努力下,上海的铁路很快就全部修复,而且运输效率达到了很高水平。

公路运输也很快发展起来,补充了铁路运输的不足。

上海的商品流通等问题全部解决了,不法资本家所掌握的私人运输渠道也被挤垮了,就不得不依靠人民政府掌握的运输部门来做生意。

运输之战的胜利,对保证后来的米粮之战、棉纱之战的胜利及国民经济的恢复作出了重大贡献。

● 稳定物价

东北大调粮吓退粮贩子

1949年10月,陈云就采购棉花问题向中共中央致电。电报指出:

> 目前财政赤字仍然很大,且需收购大量物资,主要是棉花。必须继续增发货币,从去年底到今年8月底关内货币发行额已经从185亿增加到4851亿,增加了25倍。在这一时期物价已上涨了15倍,估计8至12月的财政赤字为6700亿,收购棉花等物资约需4000亿,合计共需1万亿。除8月份已发行的2000亿外,还需发行8000亿,即在4个月内发行数额尚需增加2倍,在这样的情况下,要想停止物价上涨是不可能的。

事实果不出所料。不出1个月,物价平均指数大幅上涨:京津涨1.8倍,上海涨1.5倍,华中、西北大致相同。

这次涨价的主战场仍是上海,主要物资则是纱布。在不到一个月的时间内,上海的棉纱价格上涨了3.8倍,棉布上涨了3.5倍,由此带动了其他物价跟着上涨。

1949年10月20日，陈云急电东北局，要求紧急调拨一批粮食入关，支持华北，尤其是北京、天津的粮食市场。

其实，早在物价上涨之初，毛泽东就找来陈云，商讨有关解决办法。

陈云向中央提出：解决上海问题和稳定全国物价的关键是抓住"两白一黑"，即大米、纱布和煤炭。因为这三样东西是城市的命根子，是不能短缺的。正因如此，这也是投机分子和游资冲击的主要对象。

自然，"两白一黑"中的关键又是"两白"，因为一个是吃的，一个是穿的。陈云说："粮食和纱布是市场的主要物资，我掌握多少，即是控制市场力量的大小。直言之，市场乱不乱，在城市中是粮食，在农村主要靠纱布。"

为此，中财委在陈云的直接领导下，对解决粮食和纱布问题做了很大的努力。但是，国内外的敌人以及不法资本家却利用我们发行纸币过多，再一次向新诞生的政权发出挑战。

对此，陈云向毛泽东报告：

这次物价上涨，一方面是由于钞票发行过多，但更主要的是投机资本在兴风作浪。

实际上是不法资本家继银元风潮之后，他们跟我们共产党人在经济战线上进行的又一次较量。

毛泽东听了陈云的汇报之后,严肃地说:

"可不可以这样说,这次物价飞涨,实际上是资产阶级,尤其是官僚资产阶级不甘心他们的失败,再次向我们发动的一场进攻。"

对此,陈云点了点头。

"主要战场在什么地方?"

"在上海。"

"有没有辅助战场呢?"

"有,是北方的天津。"

"南沪北津,遥相呼应。"毛泽东微微地点了点头,"他们手中握有什么样的牌呢?"

陈云报告说:"在较量的主战场上海,主要物资是纱布。由于投机分子集中囤积纱布,上海的棉纱价格在不到一个月的时间内上涨了3.8倍,棉布上涨了3.5倍。由于棉纱和棉布价格的上涨,也导致了其他日用商品价格的上扬。在天津和北京等大中城市,由于夏天多雨,洪水成灾,使得夏粮减产,因此一些不法资本家借机囤积粮食,哄抬粮价,市民抢购粮食成风。"

最后,陈云总结道:"简而言之一句话,上海是纱布,北方是粮食。"

"南纱北粮,有意思……"毛泽东沉吟片刻,又问道,"他们的手段呢?"

"是共同的：囤积居奇。"

"他们先囤积，后居奇，等待行情一涨再涨。对吧？"毛泽东问道。

"对！主席，按照时下的行情发展，到11月初，棉纱恐怕就得上扬4倍，棉布至少也得上扬3倍多。"

"好厉害呀！"毛泽东说罢站起身来，旋即在室内缓缓踱步、凝思。

接着，他又向陈云详细询问了人民政府手中握有的纱布实力，渐渐地，一套制胜不法资本家、投机家的方案在他脑海中便形成了。

最后，毛泽东就像指挥军事战役那样，果断地说道："陈云同志，请立即电告陈毅同志，要不露声色地顶住。在此期间，中财委尽快拿出打垮投机家的方案和措施，提交中央讨论。然后以迅雷不及掩耳之势，集中打击上海、天津两地的投机家，让他们知道共产党人在经济战线上的厉害！"

陈云根据党中央、毛泽东的指示精神，为了避免两面"受敌"，为了抑制京津地区因缺粮而引起的通货膨胀，决定首先抓住粮食，稳定北方地区。

为求万无一失，陈云又命令政务院财经委员会委员兼副秘书长曹菊如赶往东北，并要求他坐镇沈阳，保证东北每天发一列火车的粮食到北京。然后，由北京市在天坛打席围囤存粮，必须每天增加存粮席围，要让粮贩子看到，国家手上有粮食，在粮食方面无隙可乘。

北京、天津的粮贩子看到东北的粮食源源不断地运到北京，北京还逮捕和严惩了 16 家投机粮商。粮贩子就再也不敢与人民政府作对了，从而使中财委减轻了压力。

在京、津腾出手来之后，中财委即开始全力对付上海的投机势力。

听到消息后，毛泽东高兴地表扬道：

只要我们做到了手中有粮，老百姓就自然而然地心中不慌。这着棋从军事上讲叫示强于敌。

积极准备打赢"纱布战"

1949年11月13日,陈云为中财委起草电报,发布了命令:

以沪、津两地7月底物价平均指数为标准,力求只涨2倍或2.2倍。

为保证汉口及湘粤纱布供应,派钱之光先到上海,后去汉口,适当调整两地纱布存量,以便行动。同时催促华中棉花东运。

由西北财委派员将陇海路沿线积存之纱布,尽速运到西安。

……

目前各地贸易公司,除必须应付门售者外,暂时不宜将主要物资大量抛售,应从各方调集主要物资于主要地点,并力争于11月25日至30日完成。预定11月底12月初于全国各主要城市一齐抛售。为了解各地准备情况及避免抛售中此起彼落,各地需将准备情况报告中财委,以便大体上统一行动日期。

对于投机商人,应在此次行动中给以适当教训。

目前抢购风盛时，应乘机将冷货呆货抛给投机商，但不要给其主要物资。等到收缩银根、物价平衡，商人吐出主要物资时，应乘机买进。

　　这封电报是陈云亲自起草的，充分体现了他领导打击投机、对付通货膨胀的高超艺术。

　　在电报中，没有要求各地将物价硬压回涨前的价位，而是考虑通货膨胀的实际情况，实事求是地要求各地将其稳定在涨2倍的基础上。在时机的选择上，也等到有稳定可能之时再动手。

　　这样的政策，就将通货膨胀因素与投机因素造成的物价猛涨区分开来了，也将打击的力量真正落到投机资本家的身上了。

　　电报起草完后，陈云当晚就上报中共中央。

　　周恩来阅毕，在电报上批示：

　　如主席未睡，请即送阅。如睡，望先发，发出送阅。

　　毛泽东历来有晚上工作的习惯，何况此时"军"情紧急，他如何睡得着呢？

　　电报送到毛泽东那里，他当即批示：

　　即刻发。

发后再送刘、朱。

毛泽东指示将电报送到刘少奇和朱德那里,足见他对这个问题的重视程度。

毛泽东这种争分夺秒的做法,与他以前指挥大的战役并无二致。

于是,这封电报被迅速发往了全国各地。

一场全国范围内稳定物价、打击投机势力的战斗就拉开了帷幕。

而在此时,投机分子还蒙在鼓里,正在为自己的"高明"而得意忘形。

11月16日,中财委再次电示各地,要求:

> 以后各地物价报告,特别在猛涨时期,均需指明我之抛售价(官价)与市场价(黑价),并估计在成交额中两者之比例。沪、津两地必须这样做,以便华北各地和华中、华南以及将来西南在掌握当地价格上较有把握。
>
> 两日来,京、津我贸易公司已卖不掉粮,粮价在回跌中,只要沪、汉两地也出现这种情况,此次涨风即告一段落。估计各地紧缩通货及沪、汉纱布涨足之后,在11月25日前即可全国稳住。这种可能性是存在的。但为稳当起见,各地仍照11月13日电全力准备物资,勿稍

松弛。

经过一段时间的紧张准备，大量物资集结完毕。

在此期间，天津先后准备布匹 35 万匹，棉纱 5000 件；上海准备棉布 110 万匹，棉纱 2.8 万件；武汉准备棉布 30 万匹，棉纱 8000 件；西安准备棉布 40 万匹。

人民政府手中掌握了充足的棉纱，与投机势力进行较量的时机成熟了。

陈云下达决战命令

1949年11月25日,根据中财委的命令,全国采取统一步骤,在上海、北京、天津、武汉、沈阳、西安等大城市开始大量销售纱布。

为此,毛泽东亲自主持召开专项会议,听取有关报告,为即将开始的"棉纱之战"作出具体部署。

而与上次解决北方粮食问题的策略不同,毛泽东和中财委在解决上海这次所谓"棉纱之战"的时候,却采取了相反的策略,那就是诱敌深入,聚而歼之。

在会上,陈云报告说:"根据中央、主席的指示精神,我以中央财经委员会的名义,于11月13日向全国发出指示电。同时,为保证江南纱布的供应,特委派钱之光同志先到上海,然后去汉口,适当调整两地的纱布量。一句话,万事俱备,只欠东风了!"

"这东风就是中央下命令了!"毛泽东微笑着说。

接着,毛泽东仍不放心,向旁边的周恩来问道:"恩来同志,到目前为止,我们手中的确有了充足的反击投机家们的子弹?"

"是的,"周恩来沉着地点了点头,"在政务院的统一领导下,经过这一段时间的紧张准备,大量物资集结完毕,我们手中掌握了充足的纱布。一句话,与上海投机家们决战的时机完全成熟了！"

"好！"毛泽东习惯地掷出右手，"陈云同志，快拿出你亲自制订的决战方案吧！"

于是，陈云便把早已制订好的"决战方案"拿了出来，汇报给毛泽东和周恩来等人听。方案共分3个步骤：

1. 抛出我们库存的冷货和呆货，供上海的投机家们抢购。

2. 随行就市，按照时下市面上的价格抛售纱布，再次供投机家们抢购。

3. 当投机家们吃得快要撑死的时候，我们再全面压价抛售。

听完汇报后，周恩来又补充说道："这样一来，吃到投机家肚里的纱布，吐吧，赔老本；不吐，就胀死。一句话，最后只有跳楼一条路。"

毛泽东微微地点了点头。

当毛泽东获悉这些投机家的融资手段一是借高利贷，二是向人民银行借贷后，他又严肃地指出："要通知我们的人民银行，要严格借贷手续。到时，这些投机家不还钱，就以实物抵押。"

最后，毛泽东下达了命令：

既然是战场较量，就要严格封锁一切消息，

让这些投机家在商场中变成瞎子、聋子，要做到像蒋介石那样听从我们的指挥。为此，请总理电告上海的陈毅同志，欲要大获全胜，就要注意保密。

毛泽东又对陈云说："陈云同志，你是这场战役的总指挥，请下达决战的命令吧！"

于是，一场与投机分子展开的"棉纱之战"开始在上海上演了。

开市之后，上海等地不法资本家和投机势力不知是计，一看市面上有纱布售出，就拿出全部资本争相购进，有的甚至不惜借高利贷。

当时，上海的借贷甚至出现了以日计息的现象，上海人称为"日拆"，这在上海、全国甚至全世界都是罕见的。

这是因为，上海的不法资本家和投机家们根据经验，纱布价格一天之内涨好几次，当天出售，不但可以应付"日拆"，而且还可以获取高利。

另外，正像俗话说的那样："资本家生得怪，越贵他越买，越贱他越卖。"结果，上海一夜之间就出现了争相借贷、争相抢购纱布的风潮，搞得市民都人心惶惶。

这时，任上海市市长的陈毅不露声色，他命令上海所有国营花纱布公司源源不断地抛售纱布。

随着库存滞销的冷货、呆货等抛售完毕之后，这些国营花纱布公司又根据市委的指示，一边抛售上等的纱布，一边逐日降低牌价。

投机讲究的是买涨不买落，投机者一看国营公司货源充足，价格一路走低，知道大事不好，急忙开始抛售自己原有的以及原来吃进的纱布。

结果，他们抛售得越多，市民们越不买，因而市场行情跌得也就越快。

据记载：上海的纱布价格，一天之内降了一半。

自此，上海的"棉纱之战"便取得了初步的胜利。

乘胜打击投机势力

陈毅市长根据中财委的指示，又采取了几条措施：

首先，所有国营企业的钱一律存入银行，不向私营银行和资本家借贷，让这些不法资本家和投机家无法周转可供投机用的资本，唯有降价、亏老本抛售手中囤积居奇的纱布。

其次，严格规定私营工厂不准关门，必须照发工人的工资。

再次，国家税务部门加紧征税，严格规定税金不能迟交，迟交一天，就罚税金额的百分之三。

当时，对于我党在上海打击投机势力的做法，社会各界有着各种各样的说法，如上海有个大资本家曾这样对陈云说："这些招是不是太狠了？"

陈云当即说："不狠，不这样，就天下大乱了。"

在同一天，根据中财委的部署，中国人民银行上海市分行与公安部门经过充分准备，对地下钱庄进行了一次突击清查，共查获地下钱庄26家，拘捕111人，查抄了大量支票、黄金、银元和美钞。

同时，全国各地也先后对地下钱庄采取了行动，严加取缔。

这一行动，截断了投机资本的资金来源，大批游资转投银行。

投机资本家没有了后援，于是阵脚大乱，连续抛售10天后，粮棉等商品价格猛跌30%至40%。这样一来，参与投机的不法资本家和投机家们"两面挨光"，再也受不住了，不得不要求人民政府出面，由国营花纱布公司买回他们曾经吃进的棉纱、棉布。

国营公司乘机以极低的价格，又买进大量的纱布。

至此，上海的纱布危机基本解决，上海及全国的物价也逐渐稳定了下来。

陈云指挥的这场战斗，干净、利索，使投机资本家受到了沉重的打击。

参与投机的私营钱庄，很多也因大批贷款收不回来而亏损，甚至破产。

对此，上海工商界人士甚为佩服，他们不得不为共产党经济手段"运用之妙"所折服。此次仅用经济手段就能稳住局势，是上海工商界没有料到的。

再次调粮支援大城市

1949 年 12 月 12 日,中财委在北京召开了全国城市供应会议。

在这次会上,陈云对全国范围内统一调度粮食的工作作了具体部署。

陈云指出,要从四川、东北等粮食产区征集粮食,准备支援上海,其中,仅四川就要征集大米 2 亿公斤。

原来,经过 11 月份的那场"棉纱之战",涨风平息了下来。

在此时,中财委认为投机分子虽然受到了沉重打击,难以再发动全面进攻,但有可能在局部地区和部分物资上,特别是在上海的粮食供应上进行反扑。

在上海的粮食市场上,历来有春节后"红盘"看涨的老规律,即从正月初五开市那天价格便上涨。

而此时,上海的存粮不到 0.5 亿公斤,粮食储备非常脆弱,其他各大城市也都面临粮荒。

11 月底,物价渐趋平稳之后,中财委便开始未雨绸缪,以做好充分准备,迎接投机分子的进攻。

1950 年 1 月 11 日,陈云就解决川粮济沪的问题,致电华东局和华东行政委员会,电报指出:

四川的 4 亿斤大米 2 月初即可起运，务请抽调大批干部去川运粮。

同日，陈云又致电中南局的邓子恢、东北财委，指出：

上海存粮仅八九千万斤，华中、东北短期内运粮济沪以应急。

为了确保在粮食问题的较量上万无一失，陈云对东北和四川这两个坚强的后盾特别关注。

1 月 23 日，陈云再次致电东北方面，指出：

本月上海米价猛涨，估计春荒难关过不去。华中、四川调给上海的公粮，或因山地集中不易，或因船运量小，能否调到，实在把握不大。由于米价贵，进口的外国大米能否很快运来，亦属疑问。希望东北再收买一批大米或稻子。

1 月 26 日，陈云又致电中南财委，要求他们设法组织公私船只接运由重庆到宜昌的大米，并运到上海。

陈云指出：此一任务，关系到全国物价计划及上海供应问题，必须解决。

为了尽快把粮食运到上海，当时一些地方出动军舰将四川粮食顺长江装运至上海。

经过两个月的准备，人民政府在上海周围完成了三道防线的布置，即：第一道，杭嘉湖、苏锡常一线。第二道，江苏、浙江、安徽急速运粮。第三道，由东北、华中、四川组织抢运。

这几道防线运来的粮食合在一起，使人民政府掌握了大约5亿公斤粮食，足够上海周转一年半。

北京、天津、武汉等大城市的粮食，也得到了大量的补充。

彻底打垮投机分子

1950年春节前后的一天下午下班后,陈云的秘书还在办公室与人闲谈,电话铃突然响起来。

秘书拿起电话,对方说:"我是陈云家里的工作人员,请问这么晚了,首长怎么还没有下班回家吃晚饭?"

秘书一听很奇怪,连忙告诉他们:"首长早就下班走了,要是没有回家的话,那可能是到别的地方去了。"

当时刚解放不久,社会治安还不太好,大家都不禁为陈云的安全担心起来。

第二天上班后,秘书才得知,前一天陈云离开办公室后没有直接回家,而是让司机把车子开到前门大街,到大栅栏看市场、了解行情去了。

原来,陈云在积极调粮的同时,还密切关注着市场情况。虽然工作极其紧张,他仍然挤出时间逛商场、看商店、查行情、听意见,亲自到一线搞调查研究;到北京王府井大街、前门大街、东单菜市场、天桥商场等地方作调查;看日用百货、蔬菜、肉食等商品的供应情况和物价变化,听取群众的意见,从中研究带有全国性的问题。

事实证明陈云的估计是准确的,所做的准备工作是非常必要的。

原来，上海等地的资本家和投机势力，在经历了两次打击之后，仍然不服气，凭着 10 余年的经营，他们的残余势力仍然还有力量进攻。

最主要的是，当时的通货膨胀在全国范围内仍然没有解决，物价上涨势所必然，这就为他们的活动提供了可乘之机。

1950 年春节前后，投机势力又看准了粮食市场，妄图在这上面大做文章。

上海粮食市场上历来有春节后"红盘"看涨的规律，加上投机商们看"准"了政府粮食准备上的"不足"，因此，他们以为这次一定可以在粮食上大捞一把，以出前两次失败的晦气。

于是，春节前夕，投机分子开始向粮食进军。他们千方百计大量囤积粮食，市场上能买到多少大米，他们就买下多少，如同疯狂的赌徒一样，把他们所能调动的资金都押在这个赌注上。他们以为利润肯定会像黄浦江水一样源源向自家流来。

投机商们扒进粮食的工作一直到 1949 年农历年三十的晚上。然后，他们烧香拜神，等待正月初五财神爷上门。

1950 年的正月初五到了，粮食市场正式开市，即投资分子所期盼的"红盘"开出了。

出乎投机商意料的是，粮食价格不但没有上涨，反而开始连续下跌。

同时，在陈云和中财委的统一部署下，上海市在市区内广泛开设国营粮店，并连续抛售了1亿多公斤大米，逼得投机商们不得不在亏本的情况下，把囤积的大米全部吐了出来。

资本家和投机分子搞不懂，共产党从哪里弄来了这么多的大米，但有一点他们算是认清了：共产党在经济上是有办法的。

这时，他们开始抛售存货，但市场已经饱和，越抛，物价越跌。

结果，不仅他们所囤积的货物亏本，而且还要付出很高的利息，许多投机商因亏损过多，不得不宣布破产，许多私人钱庄因借给投机商人的款项无法收回，亦宣告倒闭。

经过几个回合的较量，资产阶级和投机分子的元气大伤，彻底认输了，再也不敢在市场上兴风作浪了，再也无能力和人民政府争夺对市场的控制权了，持续了10多年的犹如脱缰野马的暴涨的物价终于被彻底制伏了。

投机商人哄抬物价的阴谋彻底破产，从此，投机商人是一蹶不振。

经过"银元之战"和"棉粮之战"，到1950年初，全国的物价基本稳定了，结束了我国连续10多年物价暴涨的局面。

三、平衡财政

- 毛泽东严肃地说:"我们的情况概括地说来就是:有困难的,有办法的,有希望的。"

- 陈云提出:"目前最要紧的有两件事:一是公粮要征得好,二是税收要整顿得好。"

- 陈云说:"一统一调,只此两事,天下大定。"

有困难、有办法、有希望

1949 年 12 月 2 日，中央人民政府委员会第四次会议在北京隆重召开。

在会上，毛泽东严肃地指出：

> 我们的情况概括地说来就是：有困难的，有办法的，有希望的。我们的财政情况是有困难的，我们必须要向人民说明我们的困难所在，不要隐瞒这种困难。但是我们同时也必须向人民说明，我们确实有办法克服困难。我们既有办法克服困难，我们的事业就是有希望的，我们的前途是光明的。

这次会议，是在 1949 年 11 月，人民政权对投机资本的斗争取得阶段性胜利，物价猛涨的势头受到遏制，经济形势好转的趋势已经明朗之后召开的。

毛泽东提出的"财经情况有困难"，最主要的原因是通货膨胀，而当时，投机势力能够在市场上兴风作浪的原因也是通货膨胀。

而通货膨胀的根本原因，则在于货币发行过多、财政收支不平衡。

要消除通货膨胀，实现市场的根本稳定，就需要尽最大努力实现财政平衡。

早在1949年7月召开的上海财经会议上，陈云就开始关注这个问题了。

上海是我国最大的工商业城市，是旧中国帝国主义、官僚资本的重要基地，也是中国民族资本的重要基地。无论是工商业还是金融业，或者对外贸易，上海在全中国都占有相当重要的地位。但在当时，国民党政府国家垄断资本银行的总部设在上海，全国24个大银行总行也都设在上海，这里控制着全国的金融命脉。

解放初期，上海共有工商企业16.3万多家，职工100多万人。上海私营工商业的资本总额占全国的一半，处于举足轻重的地位。因此，无论从哪方面说，上海都可以说是全国的经济中心，上海经济的恢复和发展，对全国都有着极大的影响。

然而，由于战争的破坏，交通的中断，加之物价飞涨，解放初期的上海处于严重困难的局面。国民党反动派也懂得上海的重要性，因此，上海解放不久，他们即开始对上海进行海上封锁和空中轰炸，企图使上海"电灯不亮，机器不动"。

7月3日，面对这种情况，华中局急电中央，希望在上海召开会议，谋求对策。

中央采纳了华中局的建议，决定于8月初，由陈云在上海主持有华东、华北、华中、东北、西北5个大区的财经部门领导干部参加的会议，研究解决财经问题的办法。

7月17日，陈云即率领中财委的一班人马先期抵达了上海。

陈云的一贯作风是，用90%的时间去调查研究，用10%的时间来制定解决问题的策略。这次，他先期到达上海，就是为了有充足的时间，对上海的情况进行深入的调查研究，为会上将要制定的决策提供依据。

因此，到达上海之后，陈云即全力投入了调查研究的工作之中。

陈云的调查研究，是在极端困难的条件下进行的。当时，天上有国民党的飞机轰炸；地上，国民党退出上海以前，在上海潜伏了大量的特务，他们躲在暗处，不断地打黑枪，随时威胁着人们的生命安全。

同时，上海的资本家以为共产党不懂得经济，因此，当陈云找他们了解情况时，许多人不但不愿坦诚相待，甚至处处为难。

然而，就是在这种情况下，陈云仍然进行了卓有成效的工作，在不到10天的时间内，他掌握了大量的第一手材料。

正是以这些大量的第一手材料为基础，在上海财经会议上，陈云才提出了一系列解决财经问题的措施。

1949年7月27日至8月15日，具有中国共产党开始领导全国财经工作标志意义的财经会议在上海召开，陈云主持会议。

在会上，陈云首先强调：

> 我们面临的财政经济困难是胜利中的困难，解决这一困难必须从全局出发。
>
> 我们不但要注意克服目前的困难，而且要从全国范围来考虑财经问题的解决。否则，就要影响到国计民生。

在当时，经济问题中最突出的就是通货膨胀，而通货膨胀主要是由于开支过大，钞票发行过多造成的。

当时在会上，就有一位与会同志说："陈主任，咱们解决上海经济问题应该主要从削减支出着手。"

对此，陈云的回答很明确："开支能否少一些呢？不能。首先，军费不能减，减少了就不能保证部队的需要。其次，为收购棉花和出口物资而发行的票子也不能减，减少了工农业生产都会有困难。当然，提倡节约，可以省一些，但数目不会大。"

在当时的情况下，有些人认为货币发行得太多了。

对此，陈云也作了推算，他说："抗战前，全国的货币流通量，包括地方币，为20多亿银元。经过了12年战争之后，生产与货币流通不正常，发行量应少一些，假定打两个对折，还应有5亿多银元。可是，现在我们发行的人民币，只相当于1亿至1.2亿银元，数目还是很小的。"

货币发行量不但不能减，为了解决困难还必须多发行，陈云算了一笔账，他说："为了保证今年秋季的支出，8至10月每月需发行1633亿人民币，以7月2800亿元为基数，每月发行指数增加58%。"

发行这些货币，主要是用于解决军费开支及修复铁路的，还没有考虑到当时工业的投资和农产品的收购。11、12月除军费外，要收购棉花和出口物资，两项合计每月需发行1692亿元。

也就是说从全局的观点看，人民币可以多发，也必须多发。

开支不能减少，票子不能少发，当时财政上面临的巨额赤字问题，以及由此引发的通货膨胀问题成了一个大难题。

陈云提出发行公债

1949年10月2日，陈云和薄一波致电毛泽东：

> 由于财政赤字仍然很大，且需收购大量物资，货币发行大量增加，故今后物价有发生剧烈跳跃之可能。这时经济形势却更加严峻，尽管采取了一系列应急措施，但国家财政状况并未得到根本好转，巨额的财政亏空仍然必须靠发行钞票来弥补。

原来，在9月底，人民币的发行额已达到8100亿元，与7月底的2800亿元相比，增长了近2倍。

人民币的大量发行，不可避免地要导致物价的猛烈上涨。

10月3日，为了平衡财政收支，从根本上抑制通货膨胀，陈云和薄一波又再次致电毛泽东，又一次提出了发行公债的问题。电文说：

> 如果能够在明年1、2、3月发行，则对明年的财政经济工作和物价控制，可能有很大的帮助。

关于发行公债问题，早在陈云刚刚上任中央财经委员会主任之时，他就认识到：解决财经困难，不外乎开源和节流，在支出一时无法减少的情况下，只能开辟财源，增加收入。

增加收入的办法有多种：一是增加税收，二是扩大货币发行量，三是举借债务。

在战争刚刚结束的情况下，工商业普遍凋敝，经营状况不景气，税收显然不可能尽快得到大量增加。

国民党统治末期，为搜刮民脂民膏，大量印制纸币，后又实行金圆券和银元券，导致通货膨胀和物价飞涨。因此人们对过多地发行货币心有余悸。人民政权显然不能效法国民党。

针对如何才能解决财政赤字这一燃眉之急，陈云主张在可能的情况下，不妨尝试举借一定数量的债务。但由于中国共产党特殊的奋斗经历，加上新中国建国前后特殊的国内外形势，向外国借债不现实。

于是，陈云提出可吸取东北地区的做法，发行一定数量的公债。

原来，在1946年，东北地区有的县市，如哈尔滨、双城县、宾县、东安地区为了解决财政困难，曾发行过公债。

1949年7月，中央决定委托陈云主持在上海召开的，有华东、华北、华中、东北、西北5个地区的财经部门领导干部参加的财经会议。此次会议对发行公债问题进行了正式研究。

陈云认为：面对这种财政困难的情况，无非是两条路，一是继续发票子，二是发行公债。假如只走前一条路，继续多发票子，会加剧通货膨胀，什么人都要吃亏。

陈云经过认真研究后认为，全国可以发行公债1.2亿银元，相当于币值2400亿元。

陈云解释说："中国地方如此之广，发1.2亿银元的公债，数目并不算多。蒋介石剩下那么一点地方，还要发行2亿银元的公债。东北4000万人口，私营经济所占比例较关内低得多，两期发1200万银元的公债，第一期已经按期完成了。关内私营经济占的比重比东北要大得多，公债数目可以定大一些。"

对于发行公债可能遇到的困难，陈云作了分析。他指出："当然，发行公债也是有困难的。目前工商业还不能正常生产和经营，公债派下去有人会'叫'的。发了公债城市工商业是否会垮？我看不会，因为每月发行的钞票超过公债收回的钞票。现在我们每月发行现钞1633亿元，而发公债收回的只有600亿到700亿元，这是有限度的收缩，不要顾虑筹码会少。我们到时候看情况，如果紧得不行，就后退一点。"

此外，陈云还对公债发行的对象及具体办法作了简要说明。

8月11日，财经会议尚未结束之时，为了争取中央尽快批准发行公债，以便在会议结束时，各大区的负责人将发行公债条例带回去公布实施，陈云就将发行公债问题的讨论意见汇集起来，向中央作了报告。

报告指出：

一、为了在8月至10月青黄不接时期紧缩一部分货币，使物价不过分波动，以便在冬季除财政开支外发行更多票子，以收购棉花及出口土产，经华东局、华中局及西北局到会同志同意，用各区名义分别发行折实公债，总共2400亿元，计：华东1200亿元、华中700亿元、华北400亿元、西北100亿元。

二、发行对象主要是城市工商业家，未经土改的新区之地主亦需推销。

三、公债条例争取在8月份内尽早公布，发行期间至10月底截止。收款重点在9月份。

四、公债款每年还1/3，分3年还清。明年11月开始第一次还本付息。年利定为4厘。

8月14日，毛泽东以中央名义致电陈云，提出如下5个问题，要求给予答复：

一、2400亿元的用途。

二、为什么需要2400亿元之多，是否可以减少。

三、估计城市工商业家对此项公债的态度将如何,是否会拥护,如不拥护是否有失败之可能。

四、利息4厘是否适当,为什么是适当的。

五、为什么规定明年11月起还本付息,3年还清,期限是否太促,为什么要如此规定。

8月15日,收到毛泽东的电报后,陈云立即复电毛泽东,对上述5个问题逐一作了回答。

关于2400亿元的用途,陈云解释说:

> 因解放区日益扩大,人员继续增加,加之修铁路、战争等原因,开支不断增加,而收入一时难以骤增。8月至12月,全国财政赤字估计为5800亿。
>
> 为保证纺织、农副产品的继续生产,收购物资款亦不可少,秋后收购棉花及出口物资,需现钞3500亿。两项合计为9300亿元。
>
> …………
>
> 发行公债2400亿,只占货币发行额的1/4,但对金融上所起的作用很大。其利如下:弥补赤字1/4;减少物价波度;易于收购土产;帮助货币下乡。

关于2400亿数字的由来。陈云说：会上提出过3个方案，即1600亿、2000亿、2400亿。

最后，大家一致同意按2400亿发行公债。

关于工商业界对公债的态度。陈云认为：公债以劝购、派购形式推销，工商业家内心不会积极拥护，但公开积极反对者估计也只有少数。

大中城市游资很多，发2400亿元公债数目不算大；另一方面债币下乡，极有利于物资交流，又可刺激工业的恢复，这种影响对于工商业，特别是工业资本家是有利的。

8月17日凌晨，接到陈云的电报后，毛泽东再次致电陈云，指出：

公债问题关系重大，请陈云立即回来向中央报告，加以讨论然后决定。

为慎重起见，同日晚些时候，经毛泽东同意，周恩来又以中央名义致电陈云，请他在动身回京前，抽时间邀请上海工商界代表人士分批座谈财经问题，以便今后在商量决定公债等问题时有"更多的把握"。

遵照中央的指示，财经会议结束后，陈云继续在上海和南京逗留了10天左右，与民主建国会和其他工商界人士就公债问题进行了座谈。

回到北京以后，陈云将在上海、南京等地了解的情况向中央作了汇报。

因为一些工商业家不赞成发行公债，考虑到战争还在进行，政局尚不稳定，与资产阶级的关系不能搞得太紧张，因此，中央决定暂缓发行公债。

此时的财经形势却进一步恶化。由于财政赤字庞大，货币发行量猛增，自10月15日起，从沪、津开始，华中、西北跟进，全国币值大跌，物价猛涨。仅半个月的时间，全国主要大中城市物价上涨了近2倍。物价的迅猛上涨，加之投机分子乘机捣乱，使全国市场呈现出一片混乱状态。

这次物价的再次波动，更加坚定了陈云对发行公债的决心。

11月15日，在中财委第四次委务会议研究物价问题时，陈云明确指出：

> 要使物价波动次数减少，波度减低，除少用些以减少支出外，中央财政必须多收。而多收，只有两个办法，一是收税，一是发行公债。

在会上，大多数委员赞成发行公债。为此，陈云决定再次将这个问题提交政务院讨论。

同样，10月的这次物价波动，也使党中央对于发行公债的紧迫性有了进一步的认识。

1949年12月2日，中央人民政府委员会第四次会议在京召开。

在会上，陈云作了关于物价和发行公债问题的报告，指出发行公债的目的在于弥补一部分财政赤字。

陈云同时阐明：

> 人民购买公债，在全国经济困难情况下，也是一种负担。但是这种负担，比起因增发钞票、币值下跌所受的损失来说，是比较小的。因为币值下跌的结果，其下跌部分是全部损失了的，而购买公债，在一时算来是负担，但是终究可以得到本息，不是损失。如果发行公债缩小赤字的结果，使明年的币值与物价情况比今年改善，则不但对全国靠工资生活的劳动人民和军政公教人员有好处，而且对于工商业的正常经营也是有益的。所以从全体人民的利益来说，发行公债比之多发钞票要好些。

这次会议根据陈云的报告，正式通过了《关于发行人民胜利折实公债的决定》。

"决定"指出：

一、为支援人民解放战争，迅速统一全国，以利安定民生，走上恢复和发展经济的轨道，决定于1950年度发行人民胜利折实公债。

二、本公债之募集及还本付息，均以实物为计算标准，其单位定名为"分"。每分以上海、天津、汉口、西安、广州、重庆六大城市之大米6斤、面粉1.5斤、白细布4尺、煤炭16斤之平均批发价的总和计算之。此项平均市价，统一由中国人民银行每10日公布一次。

三、本公债总额为2亿分，于1950年内分期发行。第一期在1950年1月至3月间定期发行。继续发行时间，由政务院决定之。

四、本公债分5年偿还，第一年抽还总额10%，以后每年递增5%。每期自发行截止时起，每满一年抽签还本一次。

五、本公债定为年息5厘，亦照实物计算。每期于发行截止时起，每满一年付息一次。

六、责成政务院根据本决定制定人民胜利折实公债条例，公布实行。

…………

12月16日，"决定"通过后，陈云又就公债和钞票发行计划问题向中央作了报告，对公债发行中的一些问题再次向中央作了说明。

报告指出大部分工商业者有两怕：一怕部分资金搁死于公债；二怕银根紧，物价大跌。

由于陈云事先作了周密测算，对可能出现的问题也作了认真的研究和布置，这次发行公债总的来说是比较顺利的。

第一期公债得以超额完成，达到了原定两期发行总额的70.4%。

这次发行公债对于弥补财政赤字、抑制通货膨胀发挥了巨大的作用。

陈云提出增加税收收入

1949 年 11 月 24 日，政务院财政经济委员会和财政部在北京召开首届全国税务会议。

中央人民政府副主席朱德、中央人民政府政务院副总理兼财政经济委员会主任陈云、政务院财政经济委员会副主任兼财政部部长薄一波在会上作了报告。

这次会议根据《中国人民政治协商会议共同纲领》第四十条规定的国家税收政策总的精神，主要讨论了统一全国税收、建设新税制、加强城市税收工作、制订全国税收计划等问题，草拟出《全国税政实施要则》和《全国各级税务机关暂行组织规程（草案）》，研究了各工商税收的税法草案。

这次会议议程较多，直到 12 月 9 日会议才结束。

关于增加税收问题，早在 7 月份上海召开的那次财经会议上陈云就提出了。

在那次上海财经会议上，陈云指出："目前最要紧的有两件事：一是公粮要征得好，二是税收要整顿得好。"

在当时，各部门、各地方有些干部对财政困难不太了解，因此各有各的想法。

对增加税收，有些人一时转不过弯来，认为，在过去，共产党一直反对苛捐杂税，现在轮到自己执政了，也要增加税收，这似乎与共产党要减轻人民负担的宗旨不一致。

对此，在上海财经会议上，陈云对税收问题作了专门的论述。他说：

> 特别是在一个发展的环境中，加一点税不会出大问题。如果赤字不大，可以用增加税收的方法，努力求得收支大体平衡，以便使经济走上健全发展的道路。
>
> 到那时，货币比较稳定，发了票子物价不上涨，就大有文章可做。

对于陈云关于增加税收的主张，毛泽东是支持的。

9月2日，毛泽东在中央会议上，听取了陈云报告上海财经会议的情况后明确指出：

> 中央同意此次上海会议决定的总方针及许多具体办法。我们必须维持上海，统筹全局。不轻议迁移，不轻议裁员。着重整理税收，以增加收入。

9月3日，毛泽东在给华东局的电报中明确指出：

> 陈云已在9月2日的中央会议上作了报告。

中央同意此次上海会议决定的总方针及许多具体办法。

为了引起人们对税收问题的重视，陈云后来还提出："宁缺一个县委组织部长，也不能缺一个县税务局长。"他的这一主张也得到了中共中央的支持。

后来，中共中央特别规定，县里配备干部，除县委书记和县长外，还要配备一个能力较强的干部去当税务局长。

1949年底，陈云在中财委第四次委务会议上指出，工商税和农业税的比例太不平衡，农业税已不能增加，应在不妨碍工商业发展的原则下增加工商业的税收。

12月30日，薄一波在向毛泽东书面汇报全国粮食工作会议时，提出了统一全国农业税法、税率的问题，建议老解放区以大区为单位、新解放区以省为单位统一税法。

1950年1月30日，政务院发布《关于统一全国税政的决定》。该"决定"指出，为统一全国税政，加强税收工作，减少财政赤字，决定以《全国税政实施要则》作为今后统一全国税政税务的具体方案；提出未公布的各项条例，仍按原税法进行征收；要求健全、加强税务机关并提高税务干部的政策与业务水平。

随着这个决定附发的有《全国税政实施要则》、《全国各级税务机关暂行组织规程》、《工商业税暂行条例》

和《货物税暂行条例》等材料。

《全国税政实施要则》的实施，使过去混乱的税收工作得以步入正轨。

这样就增加了税收收入，再加上由于各地领导同志能以大局为重，积极支持，勇于负责，且财权按规定积极上交，使当年的税收得到了增加，从而大大促进了财政向平衡的转变，极大地支持了百废待兴的新中国的建设。

陈云提倡国内贸易自由

1950年2月1日,陈云和薄一波在给中共中央的报告中明确指出:

> 粮食、纱布是市场的主要物资,我掌握多少,即是控制市场力量之大小。而国家对物资的控制力是靠城乡贸易的拉动获得的,没有顺畅的城乡交流,国家可控的物资源就难以保障;没有稳定的物资源,国家统一调拨物资、以国营经济调控市场就是不可能的。

在国家统一经济计划下,实行国内贸易自由,是陈云的财经思想的主要组成部分。从1948年他在东北主持东北财经委员会起,他就一直主张国内贸易自由。

在当时,地区间的相互封锁也是造成当时经济困难的一个重要原因。

例如,在当时,常州的粮食不让运往上海,赣东北对杭州也是封锁的。

有许多领导干部认为,这是"为国为民",他们说,粮食运走了,农民就没有粮食吃。

陈云对此进行了批评,并坚决主张实行内部贸易自由。他说:"这样说是没有道理的。天下没有那样傻的农民,把粮食都卖光,自己等着饿死。农民不是傻瓜,知道票子会贬值,不到用钱时是不肯卖粮的。"

1948年8月,在东北粮价飞涨的时候,陈云在写给中央的报告中,就提出"允许粮食自由流通"。

1949年8月8日,在上海召开的财经会议上,陈云强调指出:

> 各地一定要开放粮运,让粮食自由流通。个别地方采取自卫办法,即用提高价格来限制物资外流办法,是用不得的。只有让物资自由流通,物价保持平稳才行。

1949年8月15日,在上海财经会议的总结中,陈云明确提出:

> 实行内部贸易自由。事实上,凡禁止粮食自由贸易的地方,农民的粮食就不能卖到高的价钱。而城市因粮食贵,工业产品成本提高,引起工业品价格上涨,使工农业产品价格的剪刀差扩大。这对农民是有利还是有害呢?完全是有害无利。对大城市有利还是有害呢?几百万靠薪资生活的劳动人民所需要的粮食来不了,当然是有害的。可见,这种封锁,无论对农民,

对城市的劳动人民，还是对国家经济建设，都是有害的。

在陈云的领导下，上海与周围各地区打破区域之间的封锁，农民的粮食可以在这些地区之间自由贸易，实行内部贸易自由，使经济十分活跃。

这样，农民的粮食能够卖到最高价，城市里的粮价也降低了，工业生产的成本和工业产品的价格也随之下降，抑制通货膨胀就有了基本的经济条件。

毛泽东指示与工商业合作

1949年12月30日，新中国成立后第一年的年底，毛泽东致电陈云，询问：

> 上海工商业家是否确有这样大的困难，政府是否已允许贷款及贷给多少，资本家叫得那样凶是否符合实际情况，是否有借此抵制公债的意图。

原来，从1949年底到1950年初，在稳定物价的过程中，政府采取了许多有力的措施。如1950年春节前后的"四路进兵"，即收税、收公债款，发放工人工资而且不准关厂，公营企业现金一律存入国家银行，不准向私营银行和私营企业贷款。

原来设想资产阶级可能会抵挡一阵，没想到他们很快即败下阵来。

由于政府采取的许多措施用力过猛，"刹车"过急，到1950年春夏之交，社会经济一时出现了"后仰"现象。

银根紧缩之后，全国经济生活中出现了市场开始萧条，私营工商业经营困难，部分私营工商户关门、歇业等现象。

私营工商业的困难，使资本家与人民政府之间产生了敌对情绪。上海税务局长报告：补税、增税的款子收不上来，资本家赖账的、哭穷的都有。

在当时，上海的大企业家刘鸿生，直接致信向上海市市长陈毅诉苦，他说：公债买了十几亿，现还要纳税、补税、发工资，存货卖不动，资金没法周转，干脆把全部企业交给国家算了，办不下去了。

资本家躺倒不干了，工人的生活也为此受到了严重的影响。

这种状况，进一步激化了一些社会矛盾，失望和不满的情绪在一部分工人和城市贫民中迅速蔓延。由于不断有厂店倒闭，资本家被索薪的工人包围，有的资本家就煽动："我的钱都交税买公债给政府拿去了，你们找政府去要好了。"

有的店关门停业，门外写道："关店大拍卖，为了交公债。"

有的职工拿不到工资就分厂分店，甚至发生了抢糕饼铺的事件。

这些现象说明，对资本家不斗不行，斗过了头也不行，私营工商业与当时的社会经济和人民生活有很大的关系，把他们搞垮并不难，但这样一来必然会对社会经济和人民生活造成很大的影响。

因此，对于私营工商业的这种"休克"状态不能置之不理，必须采取"人工呼吸"的方法，使其"复活"。

1949年底，上海的资本家也通过各种途径直接向毛泽东"诉苦"。

为了了解上海方面的真实情况，毛泽东向在财经战线上工作的陈云询问情况。

1950年1月1日，陈云收到电报后立即复电毛泽东，对上海的情况进行了解释。

陈云的电报说：

> 上海市委12月3日电称，许多大、中厂负债多，难维持，要求贷款，否则，有大批倒闭之险。这在当时也是确实的。

与此同时，1950年初，时任上海市市长的陈毅先后6次致电中共中央和毛泽东，反映上海工商业面临的困难。

工商界叫苦的面也越来越大，毛泽东深感问题严重，必须予以解决。

1950年4月，毛泽东在中央政治局会议上发言说：

> 和资产阶级合作是肯定了的，不然《共同纲领》就成了一纸空文，政治上不利，经济上也吃亏。
>
> "不看僧面看佛面"，维持了私营工商业，

第一维持了生产；第二维持了工人；第三工人还可以得些福利。当然中间也给资本家一定的利润。但比较而言，目前发展私营工商业，与其说对资本家有利，不如说对工人有利，对人民有利。

1950年6月，在党的七届三中全会上，毛泽东又进一步提出了不要"四面出击"的思想，他指出：

四面出击，全国紧张，很不好。我们绝不可树敌太多，必须在一个方面有所让步，有所缓和，集中力量向另一方面进攻。我们一定要做工作，使工人、农民、小手工业者都拥护我们，使民族资产阶级和知识分子中的绝大多数人不反对我们。

毛泽东还进一步指出：

民族资产阶级将来是要消灭的，但是现在要把他们团结在我们身边，不要把他们推开。
我们一方面要同他们斗争，另一方面要团结他们。

陈云作为经济工作的主帅，对于稳定物价过程中采取的一些措施所带来的副作用，他也早有警惕。

1950 年 4 月 12 日，中财委召开的党组会即专门对调整工商业的问题进行了讨论。

陈云在会上发言指出：

> 我们既在经济上承认四个阶级，有利于国计民生的私人工商业就要让他发展，有困难就要帮助。对资产阶级无非有两种办法，一是不给"油水"；二是给一点"油水"，将来实行社会主义再拿回来。二者必居其一。我主张从预算内划出一部分，给资产阶级一点"油水"，这对我们更有利。

为此，陈云提出：

> 今后要多照顾一下别的阶级，可以定下一条，明年从预算里让出一部分，叫做"合作费"，用以解决与资本家的合作问题。国家订计划也要把私营部分包括进去。

毛泽东发出与工商业合作的讲话以后，陈云对这个问题便更加重视了。

陈云提出调整工商业政策

1950年5月,中央财经委员会召开以上海、天津、武汉、广州、北京、重庆、西安七大城市为主的工商局长会议。

在会上,陈云作了调整工商业的专题发言,他还打了一个形象的比喻,他说:

> 现在政府挑的是两筐鸡蛋,不要碰破一头。要照顾到各个方面,不要顾此失彼,按下葫芦又起瓢。

在党的七届三中全会上,陈云再次就调整工商业问题进行发言,他说:

> 今年夏征要减少,秋征也要减少一点。税率在三五年内,一般的不提高,一部分还可以略为降低一点。中国经过了12年的战争,人民很苦,这是其一。其二是照老规矩,开国的时候,对老百姓总应该好一点。我们现在是开特别的国,这一个国不同于大清帝国,也不同于北洋军阀、蒋介石那个国,对人民当然更应该

好一些。

陈云经过反复思考，除了一般的减轻税收、缓催公债外，还提出了两条主要措施，即加工订货、收购土产。

在当时，工商业困难的一个主要表现是产品卖不出去，而产品卖不出去的主要原因则是老百姓特别是农民手里没有钱。

有人认为，造成这一现象的主要因素是工农业产品价格剪刀差的扩大，因此，主张从降低工业品的价格入手解决这一问题。

陈云却认为，降低工业品的价格很难办到，而且这也不是问题的症结所在。他认为造成工商业困难的一个主要原因是多年的战争使城乡交流隔断了，农产品收不上来，农民手里没有钱，因此，工业产品也销不出去。

陈云还仔细地算了一笔账，他说：

> 现在，仅猪鬃、桐油、茶叶、鸡蛋、药材等项，平均约占农业收入的10%，有的地方占20%，甚至更多，如去年全国产粮以2400亿斤计，土产收入即相当于240亿斤粮食。去年公粮大概是220亿斤，如果帮助农民把土产推销出去，农民的收入就相当于交公粮的数量。农民有了钱，工业产品就好卖了。

因此，陈云主张，1950年经济工作的重点应放在大力收购土产，恢复城乡交流上。

加工订货实际上是国家出钱买私营企业的产品，这就更加保证了私营企业产品的销路。这对处于"休克"状态的私营企业来说，简直就是一种"人工呼吸"。

实践证明，陈云同志提出的这两条措施是非常有力的，由于这两条措施和其他一些配套措施的实施，如：在原料供应、资金供给等方面，实行公私大体平等的原则；划分公私经营范围，调整价格政策，使私营零售商有利可图；适当减轻税负，简化征税手续等。

到1950年下半年，这些措施的实施，使全国的工商业开始活跃起来。

1951年，陈云在总结1950年调整工商业方面的工作时指出：

> 去年在经济战线上，我们是税收、公债、货币回笼、收购四路"进兵"，一下子把通货膨胀制止了。3月物价稳定，5月中旬全国各地工商业者都叫喊货卖不出去。于是我们发了两路"救兵"，一为加工订货，一为收购土产，起决定作用的是收购土产。因为收购土产，就发出了钞票，农民有钱就可以买东西。到9月全国情况就改观了，霓虹灯都亮了。

调整工商业措施的成功,对于实现就业、增加财政收入、促进国民经济恢复具有极大的推动作用。

后来,陈云对这一段的工作曾作过一段精彩的概括。他说:

> 当时我们主要抓了两件事,一是统一,二是调整。统一是统一财经管理。调整是调整工商业。一统一调,只此两事,天下大定。

调整工商业的各项措施收效以后,解放初期稳定金融物价的斗争即告一段落,从此中国经济开始逐渐步入正轨。

四、统一财经

- 陈云说:"现在关键的问题是收支机关脱节,收入主要在省县两级,中央收不到东西,支出主要靠发行货币,继续下去将天下大乱!"

- 毛泽东和蔼地问陈云等人:"有人跟我反映现在财政上是'竭泽而渔、杀鸡取卵',究竟是怎么个情况?"

- 陈云诙谐地对人说:"要钱不要找我,去找戎子和老板。"

陈云提出统一财经政策

1950年2月13日,深冬的北京异常寒冷,这一天是我国农历的腊月二十七,还有3天中国传统佳节春节就要来临了。

然而,奋战在经济战线上的同志们并没有感到轻松,他们正在忙着召开新中国成立后的第一次全国财政会议。

这次会议,主要着重讨论财经管理问题。会议认为:国家在财经上的困难在很大程度上是由于财经制度不健全,现金管理、物资管理制度还未建立,特别是财政预决算制度和收支系统还不统一,各地自收自用的现象普遍存在,使得本来有限的财力、物力得不到有效的使用。

在会上,陈云指出:

> 现在关键的问题是收支机关脱节,收入主要在省县两级,中央收不到东西,支出主要靠发行货币,继续下去将天下大乱!

为了迅速克服国家在财经上的困难,会议决定对全国财经工作实行统一管理,把国家财政收入的主要部分集中到中央,全国物资调动统一归中央贸易部掌握,现金的调动统一于中国人民银行。

其实，统一财经工作很早就在中央的酝酿之中。

原来，打击投机资本和稳定物价的工作虽然取得了显著的效果，但没能解决物价波动的根源，即没能解决国家财政亏空及赤字问题。

由于对"风源"并未能"釜底抽薪"，因而从1949年底到1950年1月，又出现了第四次物价风潮。

为了从根本上稳住物价，必须解决国家财政的亏空和消除赤字。在当时，要解决这一问题，唯一的办法就是统一国家的财政经济管理。

而在当时，国家的财政收入大部分掌握在地方政府手中，主要支出却由中央人民政府来承担，说起来虽然令人不可思议，但却是事实，这主要是从战争年代沿袭下来的。

那还是在抗日战争时期，各根据地处于分散的被敌人分割的状态，为适应这种状况，在中央统一政策的前提下，各抗日根据地的财政实行分散经营和分散管理，自成系统，自理收支。

这种管理方法在当时是合适的，它对于支援革命战争，巩固革命根据地，以及夺取民主革命在全国的胜利，都起到了积极的作用。

但是，建国后，情况发生了根本性的变化，这时大陆已经基本解放，中央人民政府已经成立，山海关以内货币也在1949年完全统一，电讯、汇兑、交通运输畅通无阻，被分割的状况已不复存在，但财政制度却还没能相应地改变。

在新的情况下继续固守过去的财政分散模式，必然分散国家有限的财力、物力，会架空中央人民政府，就会造成财政赤字、通货膨胀、市场不稳、物价上涨等一系列问题，并且难以从根本上得到解决。

按照当时的财经管理办法开展财经工作，是难以实施下去了。许多重大的经济困难解决不了：财政赤字问题解决不了，通货膨胀问题也解决不了，物价风潮再起的问题也解决不了，继续完成解放海南岛、沿海诸岛的战争经费也就解决不了，重大的经济建设所需经费也解决不了，等等。

这一切问题如何解决，在陈云的头脑中，已经逐渐形成了一个成熟的想法，那就是统一财经，走出这一步是大势所趋。

1949年12月28日，陈云在为中财委起草的给各大区财委的电报中，曾经阐述过这一主张。

陈云认为，全国的财政经济必须"统一管理"，即"实行财政、税收、公粮、贸易及各主要经济部门管理的基本统一"。

实现统一所遇到的困难小，为害亦小。由不统一而来的金融、物价风潮的困难大，为害亦大。因此，应该克服统一中可能出现的小困难，避免由于不统一而产生的物价混乱等大困难。

1950年3月3日，政务院在北京举行第二十二次政务会议。

在这次会上，由陈云起草的《关于统一国家财政经济工作的决定》交由与会同志讨论并顺利通过。

"决定"指出要对全国财政收支、物资调度、现金使用实行统一管理，要求各级干部本着部分服从全体、地方服从中央的原则，以积极负责的态度做好这项工作。

"决定"要求：

> 成立全国编制委员会，薄一波任主任，聂荣臻为副主任，立即停止各机关不经批准自行添招人员。
>
> 成立全国仓库物资清理调配委员会，陈云任主任，杨立三为副主任，统一调配所有仓存物资。
>
> 除批准的地方税外一切税收均归中央财政部统一调度使用。
>
> 各地国营贸易机构业务范围的规定和物资的调动，均由中央贸易部统一负责。
>
> 属于国家所有的工厂企业的管理分为三种：一属中央各部直接管理；二属中央，暂托地方管理；三划归地方管理。
>
> 人民银行为国家现金调度的总机构。
>
> 中央财政部必须保证军队与地方政府的开支及恢复人民经济所必需的投资，根据供给标

准按期支付现金。其原则是先前方，后后方，先军队，后地方。

10日，陈云又为《人民日报》起草了《为什么要统一财政经济工作》的社论，对人们还有疑问的一些问题进行了解释。

为了保证中央人民政府关于统一财经工作的决定得到切实贯彻，中央人民政府政务院还陆续作出一些决定，主要有《关于统一管理1950年度财政收支的决定》、《关于全国仓库物资清理调配的决定》、《关于国家公粮收支、保管、调度的规定》、《关于全国国营贸易实施办法的决定》、《关于实行国家机关现金管理的决定》等等。

这些文件的颁发为已经进行、正在进行或即将进行的全国统一财经工作提供了有力的支持。

政务院通过了《关于统一国家财政经济工作的决定》后，陈云领导中央财经委员会着重从围绕统一全国财政收支、统一全国物资调度、统一现金管理三个方面对全国财经进行了统一管理。

陈云提出改变财经观念

1950年2月13日,为了进一步统一认识,中财委又在北京召开了全国财经会议。

陈云在会上的讲话中指出:

> 我们是有困难的,但是我们是有希望的。只要我们把力量集中起来,用于必要的地方,就完全可以办成几件大事。

在会议期间,陈云还分别与各大区财委的领导进行了谈话。

他首先找华东财委的同志谈话,直截了当地问:"统一是先统富的,还是先统穷的?"

华东是全国比较富裕的地区,但解放初期,在稳定物价的过程中,接受全国的支援也最多。

华东财委的同志对财政统一的重要性有很深的感受,因此,他们毫不犹豫地回答:"当然是先统富的。"

富的地区首先赞成统一,穷的地区就更好做工作了。

那还是1949年7月,在上海召开了财经会议。

在这次会上,陈云提出了对统一支出和对重要物资进行统一调拨的问题,这对当时稳定全国的物价是极为重要的，也得到了大多数地区的同意。

但是，只有统一的支出和重要物资的统一调拨是不够的，没有统一的收入，这两种统一都是空的。

在没有统一收入的情况下，支出只能靠发钞票，而多发钞票必然会导致物价不断上涨。因此，要使全国的经济发展有一个稳定的基础，中央必须要有统一的收入。

统一全国的支出相对来说是比较容易的，但要统一收入就难了。各地区各自为政早已习惯了，现在要把财权上缴，一时许多人很难转过弯来。

为此，陈云做了大量的工作。

1949年12月，陈云提出实行财政、税收、公粮、贸易及各主要经济部门管理的基本统一，很多人都不大理解。

当时，华东财委的同志即来电提出，实行财政经济基本统一管理时，下级的同志可能产生一时不关心收入、只伸手向上要的情况。

对此，陈云和薄一波复电指出：

你们预见此点是完全正确的。但只要我们反复说明统一与分散的利害得失，说明革命者的责任，并保证下级的开支，那么，预防和克服下级消极情绪是完全可能的。我们迫切希望你们在这次华东财政会议上，说服各地同志，既交出权力，又勇于负责，以此精神共度难局。

在这封以陈云和薄一波的名义回复华东财委并发华中、华北、西北等大区财委的电报中，陈云还分析了统一的利弊和理由。

他说，目前许多地区是新解放区，实行财政、税收、公粮、贸易及各主要经济部门管理的基本统一，在工作进度上是带跃进性的，一定有许多困难。

但从客观情况看来，如不作基本统一，则困难程度、为害之烈将更大。其理由如下：

> 支出方面。五六百万主力部队与大行政区直属部队是必须按月由中央通过大行政区开支的，其开支到今天为止主要靠货币发行。
>
> 收入方面。公粮、税收均在县、市、省的手里，收的多寡迟早，中央无法确实掌握，而公粮变卖及现金税收，又恰恰是今后按月、按季回笼货币的主要手段。
>
> 关内市制已统一，汇兑、交通已畅通，一遇金融、物价风潮，必然牵动全国，除东北外无一地区能自保。

在当时，统一财经主要存在思想障碍。陈云认为，主要是由于中财委没有及时向各级领导干部通报财经困难的情况。

因此，陈云决定，采取"通气"的办法，从1950年1月份起，每一旬、半月，或一月，由中财委发通报一次，报道财经要闻，使军队和地方的领导知道财经情况，以便交换意见，统一看法。

中财委发的通报，许多是陈云亲自起草的，这些报道，在统一认识方面起到了重要作用。

例如，1950年2月1日，陈云在他起草的给中央的一则财经电报中指出：

> 自人民币发行以来，到目前为止，共发4.1万亿元。通货贬值中，人民损失数目等于抗战前银洋8.25亿元。为时只有一年即损失这么多，是一个极大的数字。这是人民生活水平降低的一个具体材料。这样下去人民将很难支持。

这就是说，中央财政靠发钞票过日子的情况再也不能继续下去了，中央必须有统一的财权、财力。

1950年3月3日，中共中央向各级党委发出《关于全党保证实现〈中央人民政府政务院关于统一国家财政经济工作的决定〉的通知》。

"通知"要求全党认识这种财经政策转变的必要性，正确对待从旧的分散的管理，变为统一的管理时必然出现的若干困难，用一切方法去保证这个决定的全部实施。

"通知"最后说：

中共中央认为共产党员必须是遵守国家法令的模范。如有共产党员在财政经济工作中，有虚报人数、贪污腐化、破坏制度等等违法行为，则受到国家法律的严重处罚外，同时还将受到党的纪律的严重制裁。

中共中央发出这个通知的时间，和国务院通过《中央人民政府政务院关于统一国家财政经济工作的决定》的时间是同一天。

可见，党中央和中央人民政府在推行统一财经上态度是坚决的。

原来，由于有些同志对财经政策这一转变的必要性和重要性认识不足，加上在根据地和解放区长期处于被敌人分割条件下形成的观念和习惯，当时实施财经统一管理的困难和阻力是不小的。

而实际情况又不允许我们再迟延下去，必须当机立断，尽快实现财经工作的统一管理。

在党和国家的严明纪律下，统一财经工作在全国范围内进展顺利。

当时的统一财经工作，并不是统统都集中统一。

中央在决定这个问题的时候，认真考虑到需要和可能两个方面，区别不同情况，统一的是有可能统一的条件，不需要统一或者暂时没有条件统一的就不统一，对于分散管理比集中、统一管理效果更好的，则继续维持原来的分散管理的办法。

对于农业生产，在中央的统一政策和方针下面，仍然主要由地方组织领导。

对于国家所有的企业，则划分为三种：一种是属于中央各部直接管理的企业，再一种是属于中央所有、委托地方管理的企业，第三种是划归地方管理的企业。

在收入方面，除地方附加粮和关税、盐税、货物税、工商税以外的地方税，照旧归地方支配。

这就是说，在财经工作的主要方面实现统一后，将继续存在分散管理的部分。

所不同的是，过去是以分散管理为主，统一是次要的方面；现在则是以统一管理为主，分散管理是第二位的。

过去各个解放区自己管理收支，担子在自己身上，权力也在自己手里，各自核算，自求平衡，没有别的依赖，只能自己去努力开源节流。

现在主要的方面统一了，弄不好，有可能助长依赖思想，不再去积极想办法，也有可能使地方感到被束缚了手脚，想有所作为而无能为力。

这些问题都有可能发生，中央财经委员会也并不是一点没有预计到。

在当时，有些人出于种种目的对陈云说："实行统一财经，地方的积极性受到限制，缺点很多。"

面对质疑,陈云诙谐地说:"世界上从来不会有十全十美的办法,能做到九全九美就不错了。"

但是,从大局考虑,当时亟待解决的是首先把财经统一起来,如果顾虑太多,就什么事情也办不成了。

由于事先统一了认识,事后又作了细致的解释,统一财经的工作进展得非常顺利,不到几个月的时间,就实现了财政经济的统一。

陈云提出统一货币政策

1950年3月,统一全国财政经济的工作正式在全国轰轰烈烈地展开。

但事实上,严格地说,统一财经的工作在很早就展开了。

那还是在解放战争时期,负责财经工作的陈云在支援前线、稳定物价的过程中,即对这个问题予以了高度重视。

要统一财经,首先要统一货币,因为统一了货币才能方便统一结算,统一现金管理。

那是1948年12月,中国人民银行成立后,中央决定以人民币为各解放区的本位币。

陈云认为,中央既已确定以人民币为各解放区的本位币,必须由中央集中统一发行,各个地区的地方货币即不再增加新的发行,各地所需要的货币量,一律由中央决定,统一发行人民币解决。

人民币作为本位币在全国流通,群众形象地称这种币为"长腿钞票"。各地区原发行的地方币,与人民币规定合理的比价,只准在本地区流通,群众形象地称这种币为"短腿钞票"。

这样就解决了解放区的币制问题,货币的发行又可以抵顶一部分财政支出。

为在短期内解决好货币的统一发行问题,陈云指定原任东北人民银行行长的曹菊如,专责掌管解放区货币流通的需要量,并要求分别计算新解放区的货币流通需要量和国营贸易公司收购工农业产品的货币需要量,依此及时地计算出货币的发行量,以便既准确又及时地决定货币的发行量。

当时有人曾经提出,两广、西南可以另发钞票,以使后方物价稳定。

陈云坚决反对这种主张。他认为:"这种票子与人民币比价假如不变,等于是一种票子。假如常常变动,则对前方的物资供应会产生很大问题。"

他还说:"现在决定一切的是部队打胜仗,我们所有的工作都必须是为了战争的胜利,现在是大兵团作战,需要发的票子很多,不是抗战时期的那种小局面了。所以,像抗战时期那样,发几种票子,既可照顾后方,又可照顾前方的办法,已经不再适用。"

中财委给地方分权

1950年4月,全国财政状况开始好转,出现收支接近平衡、市场进一步稳定的可喜现象。

在统一财经前的1950年第一季度,各大区上缴中央的财政数字为全年应上缴数的7.9%,而中央补助地方的数字则为全年计划补助数的43%。

统一财经后,国家财政收入显著增加,支出相对减少,再加上大搞精简节约,财政收支渐趋平衡。货币的流通速度也逐渐减慢了,物价是稳中有降。私营企业的成交价格甚至一下降到国营牌价以下。

与此同时,人民币的信用也提高了,银行的存款大量增加,存放款的利率也有所下降。

到当年年底,全年总收入超过原概算的31.7%,由于10月份起开始抗美援朝战争和其他原因,这一年总支出虽然超过原概算的9.3%,但全年收支相抵,财政赤字大大缩小,由原概算的18.7%减少为4.4%,当年财政收支基本持平,银行透支也比原概算有很大降低。

从此,国家财政摆脱了依靠发行货币过日子的窘境,为彻底消除通货膨胀,实现市场物价的长期稳定打下了坚实的基础。

人们终于松了一口气,因饱尝物价波动之苦形成的抢购心理开始有了变化。这是多少年不曾有过的情况。

至此，建国初期平抑物价，统一财经的斗争是初战告捷！

然而，统一财经工作还存在一些问题。

1951年2月16日，湖南省军区司令员兼政治委员黄克诚给毛泽东和中财委写信。黄克诚在信中批评了中南地区出现的随意限制地方经济发展的做法，提出了应当发挥地方办工业的积极性。

阅读完信后，毛泽东认为，黄克诚的意见是对的，便指示陈云和中财委解决。

原来，统一财经后时间不长，在有些方面，集中统一过多的缺点就开始暴露出来了，地方的积极性因此受到了限制。

对于发挥地方积极性的问题，我党历来重视。从根据地时期起，我党就有一条规矩，叫做统一领导、分级管理。

建国后，实行统一财经时，总的精神还是这个原则。当然，具体内容和权责的划分，已经因时因地有所不同了。

针对这种情况，毛泽东提出了发挥中央和地方两个积极性的问题，要求把统一性和独立性这两个方面结合起来。

原则是有了，问题是在实际工作中并没有把这个问题解决得很好。

为此，中财委打算在 1951 年作些调整，分一点权给地方。

不久，政务院通过中财委提出的《关于 1951 年度财政收支系统划分的决定》、《国营工业生产建设的决定》和《划分中央与地方在财政经济工作上管理职权的决定》等几个文件，提出在继续保持国家财政经济工作统一领导、统一计划和统一管理的原则下，强调把一部分适宜于由地方政府管理的职权交给地方政府。

1951 年，第一次全国工业会议隆重召开。会议专门讨论了关于发挥积极性的问题。

按照经济核算制的要求，国家在对企业规定若干生产指标与核定资金的基础上，由企业实行独立的会计制度，自负盈亏；在完成国家平衡计划的条件下，企业有权自行销售产品与收购原料，有权提取最多为 30% 的超计划利润作为奖励基金，以此促使企业的领导者和职工关心企业的经营状况，挖掘潜力，增加生产。

这也是试图从责、权、利的结合上来调动企业的积极性。这样一来，在统一财经的情况下，企业的积极性也被调动起来了，这就使统一财经政策的负面影响最大化地降低了，从而保证了统一财经工作在全国的顺利实行。

毛泽东、周恩来支持财政部

1950年6月,在党的七届三中全会前夕,根据毛泽东的意见,中共中央致电各地:

> 各中央局主要负责同志必须亲自抓紧财政金融经济工作,各中央局会议必须经常讨论财经工作,不得以为只是财经业务机关的工作而稍有放松,各分局、大市委、省委、区党委亦是如此。

原来,在4月份,虽然全国财经形势有了明显好转,但是,此时的陈云和他领导的中央财经委员会并没有感到多少轻松。

在当时,财政要力求平衡,就必须处理好各种棘手的矛盾,增加财政收入,而此时财政收入的主要来源是公粮和城市税收。因此,要增加财政收入,就意味着要多征粮或多加税。

特别是公粮,这项收入在编制新中国第一个财政概算中,比重占第一位,对农民而言负担是很重的。

但为了求得国家财政经济状况的根本好转,还不能马上减轻这种负担,仍必须由农民多承担一些。

当时，党内个别人对调整财政经济手段还不太理解。而毛泽东对财政工作心里是有底的。他听了一些人的反映后，没有做过多的表示，而是让人把负责财政工作的陈云叫去，要求陈云安排财政部门负责人汇报一次情况。

过了几天，陈云就带着负责财贸金融的薄一波、姚依林、南汉宸、戎子和等人，来到毛泽东在玉泉山的住所，向毛泽东作专题汇报。

会谈开始后，毛泽东和蔼地问陈云等人："有人跟我反映现在财政上是'竭泽而渔、杀鸡取卵'，究竟是怎么个情况？"

陈云等人认为，在经济基础还十分薄弱的情况下，财政工作既要保证革命战争等各种供给，又要稳定市场，消除通货膨胀，还要有利于恢复和发展生产，因此，恢复时期的财政工作任务是十分艰巨的。

在当时，为了减少赤字，控制货币发行，稳定市场物价，农业税收及工商业税收稍重一些也是不得已而为之的做法。

听完汇报后，毛泽东明确表示："同意你们的意见，我支持你们。"

听到毛泽东的话，陈云等几个汇报人对于能够获得毛泽东的理解表示非常感动。

会谈结束后，毛泽东一看已快到开饭时间，就把陈云等人全都留下来，招待他们吃了一顿大米和豆子混蒸的饭。

1952年初的一次会后，与会者到中南海怀仁堂后面的食堂吃饭，毛泽东风趣地对身边的财政部副部长戎子和说："子和，我们今天吃的饭可全是靠你征收来的。"

戎子和听后，立刻回答说："我们还不是执行主席的财政方针和征收政策吗？所以，说到底还是吃主席的饭嘛！"

毛泽东听了以后哈哈大笑。

周恩来也对财经部门当时的工作给予了充分理解和很大支持。

在当时，财政经济状况并不能满足白手起家的新中国的支出，财政部门的确手头很紧啊！

国家的财政拨款，往往满足不了各部门、各地区的需求，有的甚至是合理的最低限度的要求，因此，有些部门和省市对财政部门的意见比较大。

每次政府会议，财政部门经常充当"受气包"的角色，屡受"围攻"，许多地方领导都对他们的工作不满。

周恩来每次都对反映的人说，大家的困难，他一定将意见转告财政部，要他们考虑。

但是，周恩来从来不因为自己是总理就独断专行，他从来就没有不同财政部商量，就批条子指示财政部拨款，也从来没有因为拨款的问题在公开的会议上或在私下里批评财政部。

因为，周恩来深知财政部的资金的确太紧了，他深感发展经济、支援地方建设的紧迫性。

有一次，北京市委第一书记彭真和天津市委第一书记黄敬一起向周恩来反映情况，说财政部对北京、天津的城市建设费用是不是可以松一些，多给地方留一些，以便于加强城市建设。

周恩来听过他们的反映后，也感到是这么回事，应该给他们多解决一些城建经费。

于是，周恩来就把财政部门的人找去商量。

周恩来和蔼地说："如果不是城建经费特别困难的话，彭真和黄敬不会直接来找我，财政部看看能不能解决一下。至于解决多少，还要请陈云召集大家同彭真、黄敬共同商议解决。"

陈云身在财经第一线，因此，矛盾更是集中在他的身上。陈云深知，财政部门要把住支出的口子是很困难的，来自各方面的压力也很大。因此，他更加理解和支持属下干部的工作。

陈云自己在处理问题时，从不随意开财政口子，遇事总是先同财政部门商量，要财政部门先提出意见。

面对来自各方面的催款，陈云曾诙谐地对这些催款的人说："要钱不要找我，去找戎子和老板。"

当财政部门遭到"围攻"，感到压力太大时，陈云就站出来支持说，财政工作就是要严格执行预算，控制支出，不该花的钱就是要"一毛不拔"。

有陈云在后面支持，财政部门执行起政策来感到腰杆硬多了，财政部门"一毛不拔"的说法也在各部门和地方传开了。

　　也正是由于得到了毛泽东、周恩来、陈云等中央领导的理解和支持，在当时十分艰难的条件下，财政工作才得以在不到一年的时间内就取得了平衡收支、稳定市场物价、克服通货膨胀以及统一财经的一个又一个成就，并为财政经济的全面好转奠定了基础。

毛泽东说不下于淮海战役

1950年6月6日,初夏的北京已经炎热逼人,建国后召开的第一次中央全会——中国共产党七届三中全会在这一天隆重召开了。

出席这次会议的中央委员有35人,候补中央委员有27人,各省、市党委书记,中央各部委负责同志有34人。

在这次会上,毛泽东作了《为争取国家财政经济状况的基本好转而斗争》的书面报告,他庄严宣布:

> 我们现在在经济战线上已经取得的一批胜利,例如财政收支接近平衡、通货停止膨胀和物价趋向稳定等等,表现了财政经济情况的开始好转。

在党中央的领导和支持下,经过财经部门的艰苦努力,全国财经形势出现了重大转折。

打击投机、稳定市场、统一财经、平衡财政,这是解放初期消除通货膨胀的基本方法,再加上人民政权采取的恢复和发展生产等措施,使持续了10多年的财政赤字和通货膨胀终于被遏制住了。

平抑物价、统一财经的战斗胜利结束以后,毛泽东对此给予了高度的评价，他指出：它的意义"不下于淮海战役"。

在这几场与投机分子的较量中，陈云发挥了重要的领导作用，表现出了杰出的经济才能。因此，毛泽东对陈云所开展的工作和理财能力，也有很高的评价。

在党的七届三中全会上，陈云在总结了一年来与投机资本较量的经验教训后，他说："当然，这些工作中毛病还很多。"

毛泽东随即插话说："第一条是功劳很大。"

其实早在1950年4月，在中央人民政府委员会召开的第七次会议上，毛泽东就对陈云领导的中央财经委员会的工作作了充分的肯定：

> 财政经济委员会过去6个月在整理收支、稳定物价方面的工作有了很大成绩。财经委员会的方针是正确的。

有一次，薄一波在毛泽东那里谈完工作，说到陈云同志主持中财委的工作很得力，凡看准了的事就很有勇气去干。平抑物价、统一财经就是他力主要做的，结果很快成功了。

毛泽东听后说："陈云同志有这样的能力，我在延安时期还没有看得出来，可称之为'能'。"

接着，他顺手在纸上写下了一个"能"字。

毛泽东善于用典故抒发思想情感，他的说法是有出处的，在诸葛亮《前出师表》里叙述刘备夸奖向宠的用语是：

> 将军向宠，性行淑均，晓畅军事，试用于昔日，先帝称之曰能。

在这里，毛泽东借用来赞扬陈云同志的理财之能。

国外经济学界的一些人士，对中国共产党人能在短短几个月内干净利落地取得消除长期恶性通货膨胀的成功也很佩服，认为这是创造了经济上的奇迹。

事隔几十年后，国外经济学界对此仍有很深刻的印象。

后来，我国的一个代表团到国外访问，希望在治理通货膨胀方面学习他们的一些方法。没有想到国外人士当即指出：这方面我们应该向你们取经，你们在这方面是最有经验的。

稳定物价、统一财经被称为是新中国在财经战线的第一场战役。它的胜利，标志着我国财政经济状况开始好转，并迅速改变了社会主义和资本主义经济力量的对比，确定了社会主义经济的领导权，使市场的稳定基本得以实现，为新生的人民政权的巩固、为社会的稳定、为国民经济的全面恢复和以后的社会主义各项建设创造了极为有利的条件。

本书主要参考资料

《国史全鉴》 本书编委会编 团结出版社
《共和国五十年珍贵档案》 中央档案馆编 中国档案出版社
《共和国经济风云》 赵士刚主编 经济管理出版社
《开国领袖毛泽东》 王朝柱著 新世界出版社
《毛泽东与陈云》 王玉贵著 湖北人民出版社
《陈云传》 金冲及 陈群主编 中央文献出版社
《陈毅传》 《陈毅传》编写组编 当代中国出版社
《华夏金秋》 柏福临主编 吉林大学出版社
《中国现代史资料选辑》 彭明主编 中国人民大学出版社
《共和国开国岁月》 张国星 何明著 中共党史出版社
《风云七十年》 郭德宏主编 解放军文艺出版社
《中南海三代领导集体与共和国经济实录》 王瑞璞主编 中国经济出版社
《若干重大决策与事件的回顾》 薄一波著 中共中央党校出版社
《共和国经济风云中的陈云》 孙业礼 熊亮华著 中央文献出版社